岩 波 文 庫

31-232-1

左 川 ち か 詩 集

川 崎 賢 子 編

岩 波 書 店

目　次

詩　篇

昆虫　一一
朝のパン　一三
私の写真　一五
錆びたナイフ　一六
黒い空気　一七
雪が降つてゐる　一八
緑の焔　二〇
出発　二一
青い馬　二三
緑色の透視　二四
死の髯　二六
季節のモノクル　二八
青い球体　二九
断片　三一
ガラスの翼　三二
循環路　三三
幻の家　三五
記憶の海　三六
青い道　三七
冬の肖像　三九
白と黒　四三

五月のリボン　四四
神秘　四五
蛋白石　四六
夢　四七
白く　四八
緑　四九
眠つてゐる　五〇
The mad house　五二
雲のかたち　五四
風　五六
雪の日　五七
鐘のなる日　五八
憑かれた街　五九
波　六二
雲のやうに　六三
毎年土をかぶらせてね　六五
目覚めるために　六六
花咲ける大空に　六八
雪の門　六九
単純なる風景　七〇
春　七三
舞踏場　七四
暗い夏　七五
星宿　八〇
むかしの花　八二
他の一つのもの　八三
背部　八四
葡萄の汚点　八六
雪線　八八
プロムナアド　八九

会話　九〇
遅いあつまり　九二
天に昇る　九三
メーフラワー　九五
暗い歌　九六
果実の午後　九七
花　九八
午後　九九
海泡石　一〇〇
夏のをはり　一〇二
Finale　一〇三
素朴な月夜　一〇五
前奏曲　一〇六
季節　一一五
言葉　一一七
落魄　一一八
三原色の作文　一一九
海の花嫁　一二三
太陽の唄　一二四
山脈　一二六
海の天使　一二八
夏のこゑ　一二九
季節の夜　一三一
The street fair　一三二
1. 2. 3. 4. 5.　一三五
海の捨子　一三六

詩集のあとへ（百田宗治）　一三七
左川ちか詩集覚え書　一四一
左川ちか小伝　一四三

補遺

墜ちる海　一四七
樹魂　一四八
花　一五〇
指間の花　一五三
菫の墓　一五五
烽火　一五六
夜の散歩　一五七
花苑の戯れ　一六二
風が吹いてゐる　一六四
季節　一六七

小文

Chamber music　一七一
魚の眼であつたならば　一七三
春・色・散歩　一七七
樹間をゆくとき　一八一

校異　一八七
解説（川崎賢子）　二〇七

左川ちか詩集

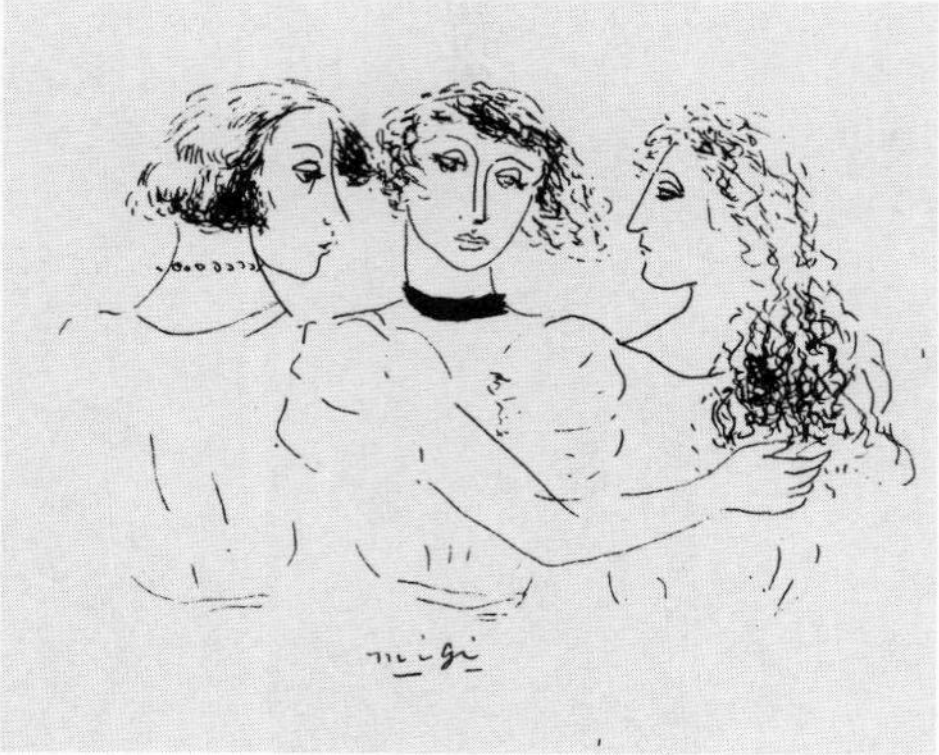

三岸節子画(『左川ちか詩集』(1936 年)挿画より)©MIGISHI

詩篇

昆虫

昆虫が電流のやうな速度で繁殖した。
地殻の腫物をなめつくした。

美麗な衣裳を裏返して、都会の夜は女のやうに眠つた。

私はいま殻を乾す。
鱗のやうな皮膚は金属のやうに冷たいのである。

顔半面を塗りつぶしたこの秘密をたれもしつてはゐないのだ。

夜は、盗まれた表情を自由に廻転さす痣のある女を有頂天にする。

朝のパン

朝、私は窓から逃走する幾人もの友等を見る。

緑色の虫の誘惑。果樹園では靴下をぬがされた女が殺される。朝は果樹園のうしろからシルクハットをかぶつてついて来る。緑色に印刷した新聞紙をかかへて。

つひに私も丘を降りなければならない。

街のカフエは美しい硝子の球体で麦色の液の中に男等の一群が溺死してゐる。

彼等の衣服が液の中にひろがる。

モノクルのマダムは最後の麺麭を引きむしつて投げつける。

私の写真

突然電話が来たので村人は驚きました。
ではどこかへ移住しなければならないのですか。
村長さんはあわてて青い上着を脱ぎました。
やはりお母さんの小遺簿はたしかだつたのです。
さやうなら青い村よ！　夏は川のやうにまたあの人たちを追ひかけてゆきました。

たれもゐないステーションへ赤いシャッポの雄鶏が下車しました。

錆びたナイフ

青白い夕ぐれが窓をよぢのぼる。
ランプが女の首のやうに空から吊り下がる。
どす黒い空気が部屋を充たす――一枚の毛布を拡げてゐる。
書物とインキと錆びたナイフは私から少しづつ生命を奪ひ去るやうに思はれる。

すべてのものが嘲笑してゐる時、
夜はすでに私の手の中にゐた。

黒い空気

夕暮が遠くで太陽の舌を切る。

水の中では空の街々が笑ふことをやめる。

総ての影が樹の上から降りて来て私をとりまく。林や窓硝子は女のやうに青ざめる。夜は完全にひろがつた。乗合自動車は焔をのせて公園を横切る。

その時私の感情は街中を踊りまはる
悲しみを追ひ出すまで。

雪が降つてゐる

私達の階上の舞踊会!!

いたづらな天使等が入り乱れてステップを踏む其処から死のやうに白い雪の破片が落ちて来る。

死は柊の葉の間にゐる。屋根裏を静かに這つてゐる。私の指をかじつてゐる。気づかはしさうに。そして夜十二時――硝子屋の店先きではまつ白い脊部をむけて倒れる。

古びた恋と時間は埋められ、地上は貪つてゐる。

緑の焰

私は最初に見る　賑やかに近づいて来る彼らを　緑の階段をいくつも降りて其処を通つて　あちらを向いて　狭いところに詰つてゐる　途中少しづつかたまつて山になり　動く時には麦の畑を光の波が畝になつて続く　森林地帯は濃い水液が溢れてかきまぜることが出来ない　髪の毛の短い落葉松　ていねいにペンキを塗る蝸牛　蜘蛛は霧のやうに電線を張つてゐる　総ては緑から深い緑へと廻転してゐる　彼らは食卓の上の牛乳壜の中にゐる　顔をつぶして身を屈めて映つてゐる　林檎のまはりを滑つてゐる　時々光線をさへぎる毎に砕けるやうに見える　街路では太陽の環の影をくぐつて遊んでゐる盲目の少女である。

私はあわてて窓を閉ぢる　危険は私まで来てゐる　外では火災が起つてゐる　美しく燃えてゐる緑の焔は地球の外側をめぐりながら高く拡がり　そしてしまひには細い一本の地平線にちぢめられて消えてしまふ

体重は私を離れ　忘却の穴の中へつれもどす　ここでは人々は狂つてゐる　悲しむことも話しかけることも意味がない　眼は緑色に染まつてゐる　信じることが不確になり見ることは私をいらだたせる

私の後から目かくしをしてゐるのは誰か？　私を睡眠へ突き墜せ。

出発

夜の口が開く森や時計台が吐き出される。
太陽は立上つて青い硝子の路を走る。
街は音楽の一片に自動車やスカァツに切り鋏まれて飾窓の中へ飛び込む。
果物屋は朝を匂はす。
太陽はそこでも青色に数をます。

人々は空に輪を投げる。
太陽等を捕へるために。

青い馬

馬は山をかけ下りて発狂した。その日から彼女は青い食物をたべる。夏は女達の目や袖を青く染めると街の広場で楽しく廻転する。

テラスの客等はあんなにシガレットを吸ふのでブリキのやうな空は貴婦人の頭髪の輪を落書きしてゐる。悲しい記憶は手巾のやうに捨てようと思ふ。恋と悔恨とエナメルの靴を忘れることが出来たら！

私は二階から飛び降りずに済んだのだ。

海が天にあがる。

緑色の透視

一枚のアカシヤの葉の透視
五月　其処で衣服を捨てる天使ら　緑に汚された脚　私を追ひかける微笑　思ひ出は白鳥の喉となり彼女の前で輝く
いま　真実はどこへ行つた
夜露でかたまつた鳥らの音楽　空の壁に印刷した樹らの絵　緑の風が静かに払ひおとす
歓楽は死のあちら　地球のあちらから呼んでゐる　例へば重くなつた太陽が青

い空の方へ落ちてゆくのを見る
走れ！　私の心臓
球になつて　彼女の傍へ
そしてテイカツプの中を
――かさなり合つた愛　それは私らを不幸にする　牛乳の皺がゆれ　私の夢は
上昇する

死の髯

料理人が青空を握る。四本の指跡がついて、
――次第に鶏が血をながす。ここでも太陽はつぶれてゐる。
たづねてくる青服の空の看守。
日光が駆け脚でゆくのを聞く。
彼らは生命よりながい夢を牢獄の中で守つてゐる。
刺繍の裏のやうな外の世界に触れるために一匹の蛾となつて窓に突きあたる。
死の長い巻鬚が一日だけしめつけるのをやめるならば私らは奇蹟の上で跳びあがる。

死は私の殼を脱ぐ。

季節のモノクル

病んで黄熟した秋は窓硝子をよろめくアラビヤ文字。
すべての時は此処を行つたり来たりして、
彼らの虚栄心と音響をはこぶ。
雲が雄鶏の思想や雁来紅を燃やしてゐる。
鍵盤のうへを指は空気を弾く。
音楽は慟哭へとひびいてさまよふ。
またいろ褪せて一日が残され、
死の一群が停滞してゐる。

青い球体

鉄槌をもつて黒い男が二人ゐる。
向ふの端とこちらで乱暴にも戸を破る。
朝はそこにゐる、さうすれば彼らの街が並べられる
ペンキ屋はすべてのものに金を塗る。
鎧戸と壁に。
林檎園は金いろのりんごが充ちてゐる。
その中を彼女のブロンドがゆれる。
庭の隅で向日葵がまはつてゐる、まはりながら、まはりながら、部屋の中まで
ころげこみ大きな球になつて輝く。

太陽はかかへ切れぬ程の温いパンで、私らはそれ等の家と共に地平線に乗つて
世界一周をこころみる。

断片

雲の軍帽をかぶつた青い士官の一隊がならんでゐる。
無限の穴より夜の首を切り落す。
空と樹木は重なり合つて争つてゐるやうに見える。
アンテナはその上を横ぎつて走る。
花びらは空間に浮いてゐるのだらうか？
正午、二頭の太陽は闘技場をかけのぼる。
まもなく赤くさびた夏の感情は私らの恋も断つだらう。

ガラスの翼

人々が大切さうに渡していつた硝子の翼にはさんだ恋を、太陽は街かどで毀してしまふ。

空は窓に向つて立つてゐる、ヴエンチレエタアのまはるたびにいろが濃くなる。

木の葉は空にある、それは一本の棒を引いてゐる、屋根らは凭りかかつて。

ふくらんだ街路を電車は匍ひ、空中の青い皺の間を旋廻する水兵の襟。

盛装して夏の行列は通りすぎフラスコの中へ崩れる。

私らの心の果実は幸福な影を降らしてゐる。

循環路

ほこりでよごされた垣根が続き
葉等は赤から黄に変る。
思出は記憶の道の上に堆積してゐる。白リンネルを拡げてゐるやうに。
季節は四個の鍵をもち、階段から滑りおちる。再び入口は閉ぢられる。
青樹の中はがらんどうだ。叩けば音がする。
夜がぬけ出してゐる時に。

その日、
空の少年の肌のやうに悲しい。

永遠は私達のあひだを切断する。
あの向ふに私はいくつもの映像を見失ふ。

幻の家

料理人が青空を握る。四本の指あとがついて、次第に鶏が血をながす。ここでも太陽はつぶれてゐる。

たづねてくる空の看守。日光が駆け出すのを見る。

たれも住んでないからつぽの白い家。

人々の長い夢はこの家のまはりを幾重にもとりまいては花弁のやうに衰へてゐた。

死が徐ろに私の指にすがりつく。夜の殻を一枚づつとつてゐる。

この家は遠い世界の遠い思ひ出へと華麗な道が続いてゐる。

記憶の海

髪の毛をふりみだし、胸をひろげて狂女が漂つてゐる。
白い言葉の群が薄暗い海の上でくだける。
破れた手風琴、
白い馬と、黒い馬が泡だてながら荒々しくそのうへを駈けてわたる。

青い道

涙のあとのやうな空。
陸の上にひろがつたテント。
恋人が通るために白く道をあける。

染色工場！

あけがたはバラ色に皮膚を染める。
コバルト色のマントのうへの花束。
夕暮の中でスミレ色の瞳が輝き、

喪服をつけた鴉らが集る。
おお、触れるとき、夜の壁がくづれるのだ。
それにしても、泣くたびに次第に色あせる。

冬の肖像

北国の陸地はいま懶くそして疲れてゐる。山や街は雪に埋められ、目覚めようともしないで静かな鈍い光の中でゆつくりと、ゆつくりと次第に眠りを深めてゐる。空と地上は灰色に塗りつぶされて幾日も曇天が続く。太陽が雲の中へうまつてゐる間は雪そのものが発するやうに思はれる弱い光――輝きの失せた、妙に冷たくおとろへた光が這ふやうにして窓硝子を通つて机の上の一冊の本に注いでゐる。ところどころ斑点をつけた影をつくりながら震へてゐる。同じ場処に落著かずにたえずいらいらして文字を拾つてゐるやうに見える。すべての影はぼんやりと消えさうな不安な様子をしてゐる。屋根の傾斜に沿つて雪が積り、雪でつくられた門の向ふに家がある。裸の林、長い間おき忘れてゐた道端の樹等は私達をむかへるために動かうとする一枚の葉をもつてゐない。ただ箒を並べたやうに枯れた枝は上へ上へと伸びてゐる。

（躑躅、林檎、桃等が地肌から燃えたつやうに花を開いては空気の中にあざやかに浮びあがる）（其処の垣根は山吹の花で縁取られ、落葉松は細かに鋏んだ天鵞絨の葉を緑に染めてゐる）さうしたものらが目を奪ふやうなはなやかさで地面を彩つてゐたことを、厚く重なり、うす黒く汚れてゐる雪の中にゐて誰が思ひ出すだらう。遠い世界の再びかへらぬ記憶として人々は保つてゐるのに違ひない。そしてしまひには幾十年も住み馴れたやうに思ひこんで自分のまはりにだけ輪を描いてゐるのだ。丘を越えると羅つてゐる緑の街や明滅する広告塔のあることにも気付かずに老いてしまふ。そのあとを真白に雪がつもる。ひとたび雪に埋められた地上は起き上る努力がどんなものか知つてゐるのだらうか？　総ては運動を停止し、暗闇の中でかすかに目をあけ、そしてとぢる。鳥等は羽をひろげたまま、河は走ることをやめてゐる。それは長い一日のやうに思はれた。雲が動いてゐることを見出すだけでも喜びであつたから。終日雪が降つてゐる。木から屋根へまつすぐに、或は吹き流されて隣へ隣へと一方が降りだすと真似をしたやうに次々伝染してゆくやうだ。空はひくく地上に拡つて、遠くの海なりに調子を合せて上つたり下つたりしてゐるのだ。空を支へてゐる木たちがその重さに耐へられないやうな時に雪が降るやうに思はれる。どんなに踏み分けて進んでも奥の方がわからない程降つてゐるので、そばを通る人も近くの山も消え去つてしまふ雪の日である。

時々空の破れめから太陽が顔を現しても日脚はゆつくりと追ひかけてでもゐるやうに枯れた雑木林を風のあとのやうに裏返しながら次第に色を深めてゐる。其処は夢の中の廊下のやうに白い道であつた。触れる度に両側の壁が崩れるやうな気がする。並木は影のやうに倒れかかつて。その路をゆく人影は私の父ではあるまいか。呼びとめても振り返ることのない脊姿であつた。夜目にも白く浮んでゐる雪路、そこを辿るものは二度と帰ることをゆるされないやうに思はれる。幾人もの足跡を雪はすぐ消してしまふ。死がその辺にゐたのだ。人々の気付かぬうちに物かげに忍びよつては白い手を振る。深い足跡を残して死が通りすぎた。優しかつた人の死骸はどこに埋つてゐるのか。私達の失はれた幸福もどこかにかくされてゐる。朝、雪の積つた地上が美しいのはそのためであつた。私達の夢を掘るやうなシャベルの音がする。

風であつたのか。戸を叩くやうな音で目覚める。カアテンを開けると窓硝子が白い模様をつけて、その向ふではげしく雪が降つてゐる。

白と黒

白い箭が走る。夜の鳥が射おとされ、私の瞳孔へ飛びこむ。
たえまなく無花果の眠りをさまたげる。
沈黙は部屋の中に止ることを好む。
彼らは燭台の影、捞られたプリムラの鉢、桃花心木の椅子であつた。時と焰が
絡みあつて、窓の周囲を滑走してゐるのを私はみまもつてゐる。
おお、けふも雨の中を顔の黒い男がやつて来て、
私の心の花苑をたたき乱して逃げる。
長靴をはいて来る雨よ、
夜どほし地上を踏み荒してゆくのか。

五月のリボン

窓の外で空気は大声で笑つた
その多彩な舌のかげで
葉が群になつて吹いてゐる
私は考へることが出来ない
其処にはたれかゐるのだらうか
暗闇に手をのばすと
ただ　風の長い髪の毛があつた

神秘

ゴルフリンクでは黄金のデリシアスがころがる。地殻に触れることを避けてゐる如く、彼らは旋回しつつ飛び込む。空間は彼らの方向へ駈け出し、或は風は群になつて騒ぐ。切断面の青。浮びあがる葉脈のやうな手。かつて夢は夜の周囲をまはつてゐたやうに、人々の希望は土壌となつて道ばたにつみあげられるだらう。影は乱れ、草は乾く。蝶は二枚の花びらである。朝に向つて咲き、空白の地上を埋めてゆく。私らは一日のためにどんな予測もゆるされない。樹木はさうであるやうに。そして空はすべての窓飾であつた。カアテンを引くと濃い液体が水のやうにほとばしりでる。あ、また男らは眩暈する。

蛋白石

入口の前でたちどまり
窓を覗きこんでは
いくたびもふりかへりながら
帰つてゆく黄昏。
川のそばでは緩慢なワルツを奏でる。
木靴の音が壁を叩いてゐる。
しめつた空気が頬をながれ
水溜を雲がわたる。
私の視力はとまつてしまひさうだ。

夢

真昼の裸の光の中でのみ崩壊する現実。すべての梣は白い骨である。透明な窓に脊を向けて彼女は説明することが出来ない。只、彼女の指輪は幾度もその反射を繰り返した。華麗なステンドグラス。虚飾された時間。またそれ等は家を迂廻して賑やかな道をえらぶだらう。汗ばんだ暗い葉。その上の風は跛で動けない。闇の幻影を拒否しながら、私は知る。人々の不信なことを。外では塩辛い空気が魂をまきあげてゐる。

白く

芝生のうへを焔のやうにゆれ
アミシストの釦がきらめき
あなたはゆつくりと降りてくる
山鳩は失つた声に耳を傾ける。
梢をすぎる日ざしのあみ目。
緑のテラスと乾いた花卉。
私は時計をまくことをおもひだす。

緑

朝のバルコンから　波のやうにおしよせ
そこらぢゆうあふれてしまふ
私は山のみちで溺れさうになり
息がつまつていく度もまへのめりになるのを支へる
視力のなかの街は夢がまはるやうに開いたり閉ぢたりする
それらをめぐつて彼らはおそろしい勢で崩れかかる
私は人に捨てられた

眠つてゐる

髪の毛をほぐすところの風が茂みの中を駈け降りる時焔となる。

彼女は不似合な金の環をもつてくる。

まはしながらまはしながら空中に放擲する。

凡ての物質的な障碍、人は植物らがさうであるやうにそれを全身で把握し征服し跳ねあがることを欲した。

併し寺院では鐘がならない。

なぜならば彼らは青い血脈をむきだしてゐた、脊部は夜であつたから。

私はちよつとの間空の奥で庭園の枯れるのを見た。

葉からはなれる樹木、思ひ出がすてられる如く。あの茂みはすでにない。

日は長く、朽ちてゆく生命たちが真紅に凹地を埋める。
それから秋が足元でたちあがる。

The mad house

自転車がまはる。
爽かな野道を。
護謨輪の内側のみが地球を疲らせる。
まもなく彼はバグダアドに到着する。
其処は非常ににぎはつてゐる。
赤衛軍の兵士ら、縮毛の芸術家、皮膚の青いリヤザン女、キヤバレの螺旋階段。
ピアノはブリキのやうな音をだす。
足型だけの土塊の上にたつてゐる人々は尖つた水晶体であらう。踏みはづすと
死ぬ。太陽の無限の伝播作用。

病原地では植物が渇き、荒廃した街路をかけてゐる雲。
彼にとつて過去は単なる木々の配列にすぎぬやうに、また灰のやうに冷たい。
入口の鵞鳥の羽、さかしまな影。
私は生きてゐる。私は生きてゐると思つた。

雲のかたち

銀色の波のアアチをおしあけ
行列の人々がとほる。
くだけた記憶が石と木と星の上に
かがやいてゐる。
皺だらけのカアテンが窓のそばで
集められそして引き裂かれる。

大理石の街がつくる放射光線の中を
ゆれてゆく一つの花環。
毎日、葉のやうな細い指先が
地図をかいてゐる。

風

単調な言葉はこはれた蓄音機のやうに。
草らは真青な口をあけて笑ひこける。
その時静かに裳がゆれる。
道は白く乾き
彼らは疲れた足をひきづる。
枸櫞色の髪の毛が流れる方へ。

雪の日

毎日蝶がとんでゐる。
窓硝子の花模様をかきむしつては
あなたの胸の上にひろがる
パラソルへあつまつてゆく。
すぎ去る時に白くうつつて
追ひかけても　追ひかけても
遠い道である。

鐘のなる日

終日
ふみにじられる落葉のうめくのをきく
人生の午後がさうである如く
すでに消え去つた時刻を告げる
かねの音が
ひときれひときれと
樹木の身をけづりとるときのやうに
そしてそこにはもはや時は無いのだから

憑かれた街

思ひ出の壮大な建物を
あらゆる他のほろびたものの上に
喚び起こし、待ちまうけ、希望するために。
我々の想念を空しくきづいてゐる美は、
時の限界の中で
すべての彼らの悲しみは
けつして語られることはないだらう。
併し地上は花の咲いたリノリユムである。
羊の一群が野原や木のふちを貪つて

のつそりと前進しながら
路上に押しあげられ よろめき
彼等はその運動を続けてゐる。
冬時にすべてのものは
魂の投影にすぎない。
魂の抱擁、
しめつた毛糸のやうにもつれながら。

波

水夫が笑つてゐる。
歯をむきだして
そこらぢゆうのたうちまはつてゐる
バルバリイの風琴のやうに。
倦むこともなく
彼らは全身で蛇腹を押しつつ
笑ひは岸辺から岸辺へとつたはつてゆく。

我々が今日もつてゐる笑ひは

永劫のとりこになり
沈黙は深まるばかりである。
舌は拍子木のやうに単純であるために。
いまでは人々は
あくびをした時のやうに
ただ口をあけてゐる。

雲のやうに

果樹園を昆虫が緑色に貫き
葉裏をはひ
たえず繁殖してゐる。
鼻孔から吐きだす粘液、
それは青い霧がふつてゐるやうに思はれる。
時々、彼らは
音もなく羽搏きをして空へ消える。
婦人らはいつもただれた目付で
未熟な実を拾つてゆく。

空には無数の瘡痕がついてゐる。
肘のやうにぶらさがつて。
そして私は見る、
果樹園がまん中から裂けてしまふのを。
そこから雲のやうにもえてゐる地肌が現はれる。

毎年土をかぶらせてね

ものうげに跫音もたてず
いけがきの忍冬にすがりつき
道ばたにうづくまつてしまふ
おいぼれの冬よ
おまへの頭髪はかわいて
その上をあるいた人も
それらの人の思ひ出も死んでしまつた。

目覚めるために

春が薔薇をまきちらしながら
我々の夢のまんなかへおりてくる。
夜が熊のまつくろい毛並を
もやして
残酷なまでにながい舌をだし
そして焰は地上をはひまはり。
死んでゐるやうに見える唇の間に
はさまれた歌ふ声の

――まもなく天上の花束が
開かれる。

花咲ける大空に

それはすべての人の眼である。
白くひびく言葉ではないか。
私は帽子をぬいでそれ等をいれよう。
空と海が無数の花弁《はなびら》をかくしてゐるやうに。
やがていつの日か青い魚やばら色の小鳥が私の頭をつき破る。
失つたものは再びかへつてこないだらう。

雪の門

その家のまはりには人の古びた思惟がつみあげられてゐる。
——もはや墓石のやうにあをざめて。
夏は涼しく、冬には温い。
私は一時、花が咲いたと思つた。
それは年とつた雪の一群であつた。

単純なる風景

酔ひどれびとのやうに
揺れ動く雲の建物。
あの天空を走つてゐる
古い庭に住む太陽を私は羨む。
二頭の闘牛よ！
角の下で、日光は血潮のやうに流れる。

其処では或ものは金ピカの衣服をつけ
或ものは風のやうに青い。

その領土は時として
単純なる魂の墓場にすぎない。

昼間は空虚であるために、
もはや花びらは萎んで。

それから夜だ。
人人は家の中にゐる。

困惑と恐怖におののき
無限から吹きよせて来る闇。

また種子どもは世界のすみずみに輝く。
恰も詩人が詩をまくやうに。

春

亜麻の花は霞のとける匂がする。
紫の煙はおこつた羽毛だ。
それは緑の泉を充たす。
まもなくここへ来るだらう。
五月の女王のあなたは。

舞踏場

私の耳のすべてで
私はきく
彼らが行つたり来たりしてゐる
胞子のやうに霧が空から降つてゐる
床の上のさわがしいステップ
私は見た
花園が変つてゆくのを

暗い夏

窓の外には鈴懸があつた。楡があつた。頭の上の葉のかげで空気がゆつくり渦巻いてゐるのを私は見てゐる。いまにも落ちさうだ。毛糸のやうにもつれあがり、薄い翼のある空気がレエスのカアテンを透して浮いてゐる。緑のふちかざりとなつて。その黒いかたまりとかたまりの間からさしこむ陽が花びらや細い茎につきあたるので庭の敷物は一面光にぬれてきらきらと輝いてゐる。それ等の光は再び起きあがることを忘れたかのやうに室内へはほんのわづか反射してゐるだけである。そのために部屋の中はうす暗くよごれてゐた。すべてのものは重心を失つて室内から明るい戸外へと逃げる。其処は非常なすばやさでまはつてゐる。私は次第に軽くなつてゆくのを感ずる。私の体重は庭の木の上にあつた。葉に粉末がついてゐるのはほこりだらうか。葉らは地上の時の重さにたへかねてでもゐるやうにして風に吹かれて揺れる。その掌をすりあはせながら。

人はいつも湿つた暗い茂みの下を通る。無言で、膝を曲げて、ひどい前かがみになつて。街路はしづまりかへり犬は生籬沿ひにうろつきまはつてゐる。家は入口をあけはなして地面に定着してゐる。スレエトが午後の黒い太陽のやうに汗ばんでゐる。私はそれらのものをぼんやり見てゐる。私は非常に不安でたまらない。それは私の全く知らないものに変形してゐるから。そして悪い夢にでもなやまされてゐるやうに空の底の方へしつかりとへばりついてゐる。ただ樹木だけがそれらのものから生気を奪つて成長してゐる。私からすでに去つた街。私が外を眺めてゐる間に、目に見えないものが私の肉体に住み、端から少しづつおかしてゐるやうに思はれる。私は幾度もふりむいた。私は手をあげてゐるのに、指は着物のはしを摑んでわづかに痙攣してゐた。何がこんなに私の頭をおしつけ重苦しくするのだらうか。どこかでクレエンが昇つたり降りたりしてゐる。木の葉を満載して。

目が覚めると木の葉が非常な勢でふえてゐた。こぼれるばかりに。窓から新聞紙が投げ込まれた。青色に印刷されてゐるので私は驚いた。私は読むことが出来ない。触れるとざらざらしてゐた。私はこの季節になると眼が悪くなる。すつかり充血して、瞼がはれあがる。少女の頃の汽車通学。崖と崖の草叢や森林地帯が車内に入つて来る。両側の硝子に燃えうつる明緑の焰で私たちの眼球と手が真青に染まる。乗客の顔が一せいに崩れる。濃い部分と薄い部分に分れて、べつとりと窓辺に残された。草で出来てゐる壁に凭りかかつて私たちは教科書をひざの上で開いたまま何もしなかつた。私は窓から唾をした。丁度その時のやうに私はいま、立つたり坐つたりしてゐる。眼科医が一枚の皮膚の上からただれた眼を覗いた。メスと鋏。コカイン注射。私はそれらが遠くから私を刺戟する快さを感ずる。医師は私のうすい網膜から青い部分だけを取り去つてくれるにちがひない。さうすれば私はもつと生々として挨拶することも真直に道を歩くことも出来るのだ。

杖で一つづつ床を叩く音がする。空家のやうに荒れてゐる家の中に退屈な淋しさである。階段を昇つてゆく盲人であらう。この古い家屋はどこかゆるんでゐるやうな板のきしむ音がする。孤独を楽しんでゐるかのやうに見える老人。いつも微笑してゐる顔。絶望も卑屈もそこにはなかつた。そして私は昨日見た。窓のそばの明るみで何か教へるやうな手つきをしてゐる彼を。(盲人は常に何かを探してゐる) 彼の葉脈のやうな手のうへには無数の青虫がゐた。私はその時、硝子に若葉のゆれるのを美しいと思つた。

六月の空は動いてゐない。憂鬱なまでに生ひ茂つてゐる植物の影に蔽はれて。これらの生物の呼吸が煙のやうに谷間から這ひあがり丘の方へ流れる。茂みを押分けて進むとまた別な新しい地肌があるやうに思はれる。毎日朝から洪水のやうに緑がおしよせて来てバルコンにあふれる。海のあをさと草の匂をはこんで息づまるやうだ。風が葉裏を返して走るたびに波のやうにざわめく。果樹園は林檎の花ざかり。鮮かに空を限つて咲いてゐる。

私はミドリといふ名の少年を知つてゐた。庭から道端に枝をのばしてゐる杏の花のやうにずい分ひ弱い感じがした。彼は隔離病室から出て来たばかりであつたから。彼の新しい普段着の紺の匂が眼にしみる。突然私の目前をかすめた。彼はうす暗い果樹園へ駈けだしてゐるのである。叫び声をたてて。それは動物の声のやうな震動を周囲にあたへた。白く素足が宙に浮いて。少年は遂に帰つてこなかつた。

星宿

露にぬれた空から
緑の広い平野から
目覚めて
光は軟い壁のうへを歩いてゐる
夜の暗い空気の中でわづかに支へられながら
あだかも睡眠と死の境で踊つてゐた時のやうに
地上のあらゆるものは生命の影なのだ
その草の下で私らの指は合弁花冠となつて開いた
無言の光栄　そして蠱惑の天に投じられたこの狂愚

今ではそれらは石塊に等しく私の頭を圧しつける

むかしの花

かつて海の胸に咲いた
併し今では殆んど色あせて
歳月がどこからかやつて来て
静かに滅んでゆくときとおなじく
すでにそれは見えない
少女らは指先きで波の穂をかきあつめる
空しいひびきをたてて

他の一つのもの

アスパラガスの茂みが
午後のよごれた太陽の中へ飛びこむ
硝子で切りとられる茎
青い血が窓を流れる
その向ふ側で
ゼンマイのほぐれる音がする

背部

よるが色彩を食ひ
花たばはまがひものの飾を失ふ
日は輝く魚の如き葉に落ち
このひからびた嘲笑ふべき絶望の外に
育まれる無形の夢と樹を
卑賤な泥土のやうに跪き
切り倒された空間は
そのあしもとの雑草をくすぐる
煙草の脂で染つた指が

うごめく闇を愛撫する
そして人が進み出る

葡萄の汚点

雲に蔽はれた眼が午後の揺り椅子の中で空中を飛ぶ黒い斑点を見てゐる。
歯型を残して、葉に充ちた枝がおごそかに空にのぼる。
かつて私の眼瞼の暗がりをかすめた、茎のない花が、
いまもなほ北国の歪んだ路を埋めてゐるのだらうか。
秋が粉砕する純粋な思惟と影。
私の肉体は庭の隅で静かにそれらを踏みつけながら、
滅びるものの行方を眺めてゐる。
樹の下で旋回する翼がその無力な棺となるのを。

押しつぶされた葡萄の汁が
空気を染め、闇は空気に濡らされる。
蒼白い夕暮時に佇んで
人々は重さうに心臓を乾してゐる。

雪線

古ぼけ色褪せたタイムが熱い種子となつて空間に散乱する。無言の形態をとびこえ地上を横切る度に咲く花の血を吹きだしてゐる唇のうへでテクニックの粉飾を洗ひ落せ!!

昨日の風を捨て約束にあふれた手を強く打ち振る枝は熱情と希望を無力な姿に変へる。その屍の絶えまない襲撃をうけて、歩調をうばはれる人のために残された思念の堆積。この乾き切つた砂洲を渡る旅人の胸の栄光はもはや失はれ、見知らぬ雪の破片が夜にとけこむ。何がいつまでも終局へと私を引摺つてゆくのか。

プロムナアド

季節は手袋をはめかへ
舗道を埋める花びらの
薄れ日の
午後三時
白と黒とのスクリイン
瞳は雲に蔽はれて
約束もない日がくれる

会話

——重いリズムの下積になつてゐた季節のために神の手はあげられるだらう。起伏する波の這ひ出して来る沿線は塩の花が咲いてゐる。すべてのものの生命の律動を渇望する古風な鍵盤はそのほこりだらけな指で太陽の熱した時間を待つてゐる。

——夢は夢見る者にだけ残せ。草の間で陽炎はその緑色の触毛をなびかせ、毀れ易い影を守つてゐる。また、マドリガルの紫の煙は空をくもり硝子にする。

——木の芽の破れる音がする。大きな歓喜の甘美なる果実。人の網膜を叩く歩調のながれ。

——真暗な墓石の下ですでに大地の一部となり喪失せる限りない色彩が現実

と花苑を乱す時刻を知りたいのだ。

——

——不滅の深淵をころがりながら幾度も目覚めるものに鬨声となり、その音が私を生み、その光が私を射る。この天の饗宴を迎へるべくホテルのロビイはサフランで埋められてゐる。

遅いあつまり

口笛を吹くとまた空のかなたからやつて来る。限りない色彩におぼれることの無いやうに。エメラルドやルビイやダイヤモンドの花びらが新しい輝きに充ちて野山をめぐる。うなだれる草の細い襞が微風を送る。テラスは海に向つて開かれ、数へ切れぬ程の湿つた会話がこぼれる。今はなく、時には鮮かに。

天に昇る

停車場には靴下が乾かしてある
ユリカの枝にぶら下つて
気紛れな風が叢に跪拝する
幼樹のかげの雲はふみにぢられ
北方に向つて星群が移動する
冬がいくたびも地上に墓石を据ゑた
その胸を飾る薔薇は燃えつくした灰である
熱情はやがて落魄せる時と共に
彼らの不在を告げるだらう

また彼らの眼の中の月光は
全く役にたたない代物だ

メーフラワー

ピアノの中は花盛り
ふれると鍵が動き出す
莫連芝草は犢の食物
Lilas の花は王冠
硝子の植物の間を
エスパーニュの貨幣が落ちる

暗い歌

咲き揃つた新しいカアペットの上を
二匹の驢馬がトロッコを押して行く
静かに　ゆつくりと
奢れる花びらが燃えてゐる道で
シルクの羽は花粉に染まり
彼女の爪先がふれる処は
白い虹がゑがかれる。

果実の午後

雨は木から葉を追ひ払つた
村では音楽を必要としない　たとへ木は裸であらうとも、暗い地上を象牙の鍵《キイ》
を打つてゐる彼らの輝かしい影の歩調を。
すでに終曲は荒れた芝生に、
丘の上を痘痕のある果物がころがつてゐる。

花

夢は切断された果実である
野原にはとび色の梨がころがつてゐる
パセリは皿の上に咲いてゐる
レグホンは時々指が六本に見える
卵をわると月が出る

午後

花びらの如く降る。
重い重量にうたれて昆虫は木蔭をおりる。
牆壁に集まるもの、微風のうしろ、日射が波が響をころす。
骨骼が白い花をのせる。
思念に遮られて魚が断崖をのぼる。

海泡石

斑点のある空気がおもくなり、ventilator が空へ葉をふきあげる。海上は吹雪だ。紙屑のやうに花葩をつみかさね、焦点のないそれらの音楽を鋪道に埋めるために。乾いた雲が飾窓の向ふに貼りつけられる。

うなづいてゐる草に、lantern の影、それから深い眠りのうへに、どこかで蟬がゼンマイをほぐしてゐる。

ひとかたまりの朽ちた空気は意味をとらへがたい叫びをのこしながら、もういちど帰りたいと思ふ古風な彼らの熱望、暗い夏の反響が梢の間をさまよひ、遠い時刻が失はれ、かへつて私たちのうへに輝くやうにならうとは。

夏のをはり

八月はやく葉らは死んでしまひ
焦げた丘を太陽が這つてゐる
そこは自然のテムポが樹木の会話をたすけるだけなのに
都会では忘れられてゐた音響が波の色彩と形を考へる
いつものやうに牧場は星が咲いてゐる
牝牛がその群がりの中をアアチのかたちにたべてゆく
凍つた港からやつて来るだらう見えない季節が
しかもすべての人の一日が終らうとしてゐる

Finale

老人が背後で　われた心臓と太陽を歌ふ
その反響はうすいエボナイトの壁につきあたつて
いつまでもをはることはないだらう
蜜蜂がゆたかな茴香の花粉にうもれてゐた
夏はもう近くにはゐなかつた
森の奥で樹が倒される
衰へた時が最初は早く　やがて緩やかに過ぎてゆく
おくれないやうにと
枯れた野原を褐色の足跡をのこし

全く地上の婚礼は終つた

素朴な月夜

ルーフガアデンのパイプオルガンに蝶が止つた
季節はづれの音節は淑女の胸をしめつける
花束は引きむしられる　火は燃えない
窓の外を鹿が星を踏みつけながら通る
海底で魚は天候を笑ひ　人は眼鏡をかける
ことしも寡婦になつた月が年齢を歎く

前奏曲

雲に蔽はれた見えないところで木の葉が非常な勢で増えてゐる。いつの間に運ばれるのかプラタナスも欅も新しい葉で一杯になり、生きものが蠢めいてゐるやうに盛り上つてこぼれるばかりに輝いてゐる。遠くで見てゐると空気が俄かにかき集められ、黒い塊がかさなり合つて暗がりをつくり、それが次第に丘の方に拡つて茂みになつてゐるやうに思はれるだけで、ほんたうに其処に大きな茂みがあるのか、木が並んでゐるのかわからない。或る時は空が何かで傷つけられたのであんなにも汚れてゐるのだと考へられたりする程、高く離れてゐる。その下の凹地は鳩の胸のやうに若々しい野原で、都会から来た婦人たちは(まるでスパダ湾のやうですわ)といつて驚く。そして軟かい敷物の上に坐つて、サンドヰッチやチョコレエトを食べながらこの地方の気候のよいことや、この夏にはオオガンヂイの蝶が流行するだらうと話してゐる。その間にもたえず緑の泉は旋回し、輪転機から新聞紙が吐き出されてゐるやうに光つてゐる。

私は終ることのない朝の植物等の生命がどんなに多彩な生活を繰返してゐるかを知ることが出来て目がくらみさうだ。全く人間の跫音も、バタやチーズの匂もしないけれど、息づまるやうな繁殖と戦ひと謳歌が行はれてゐるのを見てゐるうちに、負けてしまひさうになる。私たちの住んでゐる外側で、しかもすれずれの近いところで嚇かしでもするやうな足並を揃へ、わけのわからない重苦しいうめき声をたてるので私はいつも戸外ばかりを見てゐなければならない。いつの頃からこんな風物にとりかこまれ、またその中に引きづられて行くことになつたのだらう。空気と空と樹木と草むらだけの他に何の噪音も胡魔化しもなく私が見えるものといへばこれ等のものの流れるやうな色と形の大まかな毒々しさである。それが不思議な迫力で私を入口から押し出したり、悲しませたり怒らしたりする。

追ひたてられてでもゐるやうにぼんやり目を開くと、瞼のそばでその自然の挨拶だけがとりかはされる。私は目が覚めたのだと思ふ。さうすると雨漏りのあとのついた黄色な天井も、鋲で到るところに小さな穴がある壁も眠りから覚めようとする菫色の弱い光にぢき吸収され、どんどん後に退いてしまふ。私はなにかしら逃がしてはいけないものを失つたやうな気がする。子供が紛失したものをいつ迄も諦めきれずに、めぐり合はせを待つあの時と同じやうに。それからまた捕へてみたいと思つてもそこは湯のやうに生温いだけで再び戻つて来るものはない上半身が急に軽くなつたやうな気がすると、何事も思ひだせなくなつて、もはや過ぎ去つたといふことがそんなに魅力をもたなくなる。そして森や太陽や垣根が明け方の夢からとり残されたと思はれるやうに鮮やかに現はれるのである。

周囲はいつものやうに緩やかな繰返しを続けるのだらう。この植物の一群の形態は私と何等のかかはりもない筈なのに、私はなぜかしばられたやうに彼らの一つ一つに注意しなければならない。梢の先が動いてゐるのを見てゐると眠くなり、毎日ぶつぶつ独り言をしやべつてゐると日が暮れてしまふ。

庭の中央の楡は婚礼のヴェールのやうに硬い枝を拡げ、その根元は鋸の歯の形に雑草がとり巻いてゐる。荒れた叢をところどころ区別する斑点――ダリヤ、オダマキ、オドリコ草、燈心草等がセルロイドの玩具のやうに廻つてゐる。さうだ、空間は葉脈のつながりから落ちることが出来ない、もつれた網目の上に乗せられて。ただ草の茎と茎の間を蟻が行つたり来たりしてゐるそのやうな小さな営みが殆んど空間を占めてゐることを考へる。こんな細く、そしてうす暗い道があつたのかしら、ちよつと指が触れると、あとかたもなく消えてしまふ針金を渡つて歩いてゐる生活が人の気付かない処で休みなく営まれてゐる、栗の花がわけもなく群がり散つてゐるとより見えない昆虫どもが幾度も同じやうに次の茎へ移る。お前は何を考へてゐるのか、お前はどこへ行くのか、最初のスタートがどんなに無意味であつたとしても、方向を見定めないうちに絶望しないやうに。

当然やつて来るべきものが、コースを間違へないでまた帰つて来たと思はれる季節が、しかも何の予告もなしにいつの間にか地球のまはりをめぐり、夥しい種子の芽を吹き出す時に、私たちはどんなにか盛んな植物等の建設を望んだらう。同じやうな速さで草木は短い羽毛を貪慾な世界にすべての分野をわかち与へ人の目を別な方面へ導いていく。併し私たちの馴らされた視野が気付かぬ間に、見知らぬものに置き換へられてしまつたために、強烈な色彩と自由を渇望するやうになつた。

もぢやもぢやに縮れた緑の門の中から夜の明けるのが見える。靄の晴れる如く、ゆるやかに流れて、大気の奥からやつて来る黎明は美しい迷宮である。あまり美しいものを見ると誰でもよくないことを考へがちなものである。私たちの眠つてゐるうちに、悪い事があつたのではないかと思ふ。表面はおだやかさうに見えるがあれは秘密を隠してゐるからだ、気味悪い不安をたたへた静けさ。早く叫び声をださなければ殺されるかも知れない。このやうに澱んだ空気に浸つてなぜ反抗しないのだらう。われわれは呼吸が困難な程湿気の多い草いきれが地上から湧きあがる中に憑かれて、閉ぢこめられてゐるのに、植物は人間からあらゆる生気を奪つて、尽くることのない饗宴をはつてゐる。

樹木は青い血液をもつてゐるといふことを私は一度で信じてしまつた。彼らは予言者のやうな身振りで話すので。樹液は私たちの体のわづかばかりの皮膚や筋肉を染めるために手は腫れあがり、心臓は冷たく破れさうだ。北国の農園では仔牛が柵を破壊してやつて来るので麦は早く刈りとつて乾燥しなければならないだらうし、それから羊毛の衿巻も用意しなければと人々は云つてゐる。まもなく雪が降つて木を枯らしてしまふのだらう。

女達は空模様や花の色などで自分等の一日を組立てることばかり考へるやうになつた。お天気の工合が気になり、暖かさや寒さが爪の先まで感じられる。例へば着物や口紅の色が、家具の配置までが、その時の窓外の景色と何か連絡があり約束があるのだと考へる。常にそれらの濃淡の階調に支配され調和してゆかなければならないと思ふ。彼女たちは或る時は花よりも美しく咲かうとする。だから花卉の色や樹の生えてゐる様子を見てゐると女の皮膚や動作がひとりでに変つてゐる。

変化に富んだ植物の成長がどんなに潑剌としてゐることだらう、私は本を読むことも煙草を吸ふことも出来なくなつた。枝が揺れてゐる、焰々ととりまかれてゐる、と彼らの表情のどんな小さな動きをも見逃さないやうに、と思つてゐるうちに、私自身の表現力は少しも役に立たないものになつて、手を挙げたり、笑つたりすることすら彼らの表情のとほりを真似てゐるにすぎない。私のものは何一つなく彼らの動いてゐるそのままの繰返しで、また彼らから盗んだ表情なのである。どちらが影なのかわからなくなつた。私が与へたものは何もない。それなのに彼らのすることはどんなことでも受入れてしまつた。かうしてゐるうちに私は一本の樹に化して樹立の中に消えてしまふだらう。私は今まで生きてゐると思つてゐただけで実は存在してゐないのかも知れないのだ。単なる樹木の投影、昼の間だけ地面を這つてゐるおばけのやうな姿、それもすぐ見えなくなつてしまふのに。やがて樹木の思惟がわれわれの頭上をどんどん追ひ越していく。人は平衡を失ひ、倒れさうになり、頭髪を圧へつけられるのか帽子をかかへてあぶなつかしい歩き方をする。私は長い間人間に費やしてゐた熱情がつまらないものであることを知つた、それは丁度硝子の破片をのみ引掻いてゐた指の傷害を悔ゆる時のやうに。

どの人の顔もどの事件も忘れられてしまつてゐるのに、やはり最初に想出されるのは山の恰好とか木の大きさなどの自然の姿態であつて、それらから糸を繰るやうに、いろんな出来事とか建物、食物などが引きだされ、人間はその間からいりみだれて覗くだけで、衰へた記憶になつてしまふ。昔のことはひときれの古びた空気だとして捨て去られるとしたら、老人にとつてどんな会話が最も慰めになるだらう。各々の人の胸のうちで瘡痕が輝くやうになるまで、遠くの方へ去つてしまふのをふりかへつてゐるのはきつと花の咲いてゐる方に青春があると思ふからだらう。

雨が終日樹木を洗つて、地上との二重奏が始まる。どこからともなく、或はきれぎれに韻律のある波が押し寄せて、草木を黄や赤に変へた。求めようとする、とどまらうとする明るい音楽は季節を大分早めてゐるやうな気がする。話声は聴きとれなくなつた。まだ秋になつたばかりなのにストーヴの中には石炭が投げこまれる、家族のものはみなヴェランダへ出て見えない弦の奏でる単純な曲に耳を傾けてゐる。空から鉄骨のやうな枝がぶらさがつて、日覆の布は取除けられる。楡は裸になつた。ここでは時間は葉が離れる方へ経過してゐるやうに思はれる。誰しも心では年齢を歎きつつ。一つの輪は賑やかな日の記念であり、過去へ続く鎖ともなるから。色褪せたすべては空中に散乱して最後の歩調を待つてゐる。段々近づいてくる空しい響き、それは樹間をさまよふ落魄の調べであらうとは。自然の転移、また定められた秩序が唇の上で華やかな夢を望むのか。

季節

九月はやく葉らは死んでしまひ
焦げただれた丘を太陽が這つてゐる
そこは自然のテムポが樹木の会話をたすけるだけなのに

都会では忘れられてゐた音響が波の色彩と形を考へる

いつものやうに牧場は星が咲いてゐる
牝牛がその群がりの中をアアチのかたちにたべて行く

凍つた港からやつて来るだらう見えない季節が
しかもすべてこの心の一日が終らうとしてゐる

言葉

母は歌ふやうに話した
その昔話はいまでも私たちの胸のうへの氷を溶かす
小さな音をたてて燃えてゐる冬の下方で海は膨れあがり　黄金の夢を打ちなら
し　夥しい独りごとを沈める
落葉に似た零落と虚偽がまもなく道を塞ぐことだらう
昨日はもうない　人はただ疲れてゐる
貶められ　歪められた風が遠くで雪をかはかす　そのやうに此処では
裏切られた言葉のみがはてしなく安逸をむさぼり
最後の見知らぬ時刻を待つてゐる

落魄

——きけ、颶風の中から芽をふくのを。

いま庭は滅びようとしてゐる。

おののく生命を吹き消す風が　また木を軽くするのか。

地上に切倒された驕慢と怠惰の幹は　君の思念をあまりにも酷くさいなむ。

それはすべて偽りの姿だ　仮りに塗られたマスクだ。

烈日の海は開く　一群の薔薇を絡みつけ　いはれた言葉だけが赦しを乞ひ　なほ生きようとしてゐる。

三原色の作文

郵便局まで一哩ある。

肉屋の前ではレグホンが嘴を折り曲げて、餌をあさつてゐる。硝子戸に地玉子ありと書いてある。白いエプロンの親父が獣どもの筋の間から庖刀を光らして嚔をしてゐる。小学校の裏門を通ると蜂の巣のやうに騒がしい音がして一オクターヴ低い国歌がオルガンのKeyを離れる。それらが遠い風のやうな終りになると、村は全く空中に沈んで無風地帯では鳥は啼かない。南天畑は漆を溶したやうにどろどろと美しい。陸軍の自動車隊のある丘が見える、其処は枯草が焦げた饅頭のやうに丸い形をしてゐる。褐色の蜥蜴が天気の良い日に通風筒がケラケラケラケラ廻るのを見てゐる。あれは何だ！　クリームを塗つたばかりの長靴の整列。私は杉の林と笹藪と物干台のある道を悪い声で唄ひながら通る。兵士が驢馬の背の上の果実がおかしいと云ふ。さういへば太陽は最初は眼のそばで照り、それから背後にまはつて終日人間につきまとつてゐる安物の金ピカなのだが、どうやら少し歪んできた。草原の真中に瘋癲病院がある。屋根の上の旗は道を迷はないための目標だといふ話である。洗濯屋の自転車がそれを迂廻してやつて来るのがバルコンから見える。サフランが一面に咲いてゐる屋上のその又上から絹のスリパアが落ちて来る。私の耳のそばの河が私にいつもそんな夢を見せる。弦のゆるんだ音楽が退屈な時間の裂け目から噴きだす。日曜日の午後の軽い手紙を期待するといふことは牝鹿の頭の先のリボンが風に嬲られる時のリズムを愛するやうに楽しい。その白い刺が心臓に触れることを考へるのも愉快だ。裸の樹木は空の奥まで透きとほつて眺められる。木の切株にあがつて、盲縞の袷に羅紗のマントを着た男が蝙蝠傘を杖にして、大勢の子供や大人に取り囲まれて威張つてゐる。『コノ気狂奴ガ、キサマタチハ知ツテキルノカ、コノ道路ガイツ出来タノカ、コノ欅ノ歳ハイクツナノダ。オレガナ、

オレガナ、大正六年ノ好景気ノ時ニ、サウダ、相場ニ失敗シナカツタナラ、ナポレオンガコーカサスニ来タトイフコトヲ聞イタノデハナイ。オレノ舎弟ハ二千町歩ノ田地ヲモツテ卆タ。ソレナノニ米ハ高イ。笑ツテ卆ルナ、イマニキサマタチハ、コロンデシマフゾ　ha　ha　ha　ha　ha　……』なんといふ冷たい叫びだらう。歯の見えない口中が真赤にただれてゐた。向ふ側の菓子箱のやうな病院の窓を早くしめなければ、あちらから悪い風が吹いてくる。若い者の脳髄を侵す寒さが。汽車の時間に間に合ふために駈けつけるなどといふことは、あまり例外をつくらない。

海の花嫁

暗い樹海をうねうねになつてとほる風の音に目を覚ますのでございます。
曇つた空のむかふで
けふかへろ、けふかへろ、
と閑古鳥が啼くのでございます。
私はどこへ帰つて行つたらよいのでございませう。
昼のうしろにたどりつくためには、
すぐりといたどりの藪は深いのでございました。
林檎がうすれかけた記憶の中で
花盛りでございました。

そして見えない叫び声も。

防風林の湿つた径をかけぬけると、
すかんぽや野苺のある砂山にまゐるのでございます。
これらは宝石のやうに光つておいしうございます。
海は泡だつて、
レエスをひろげてゐるのでございませう。
短い列車は都会の方に向いてゐるのでございます。
悪い神様にうとまれながら
時間だけが波の穂にかさなりあひ、まばゆいのでございます。
そこから私は誰れかの言葉を待ち、
現実へと押しあげる唄を聴くのでございます。
いまこそ人達はパラソルのやうに、
地上を蔽つてゐる樹木の饗宴の中へ入らうとしてゐるのでございませう。

太陽の唄

白い肉体が
熱風に渦巻きながら
刈りとられた闇に跽く
日光と快楽に倦んだ獣どもが
夜の代用物に向つて吠えたてる
そこにはダンテの地獄はないのだから
併し古い楽器はなりやんだ
雪はギヤマンの鏡の中で
カーヴする

その翅を光のやうにひろげる
そしてヴエルは
破れた空中の音楽をかくす
声のない季節がいづこの岸で
青春と光栄に輝くのだらう

山脈

遠い峯は風のやうにゆらいでゐる
ふもとの果樹園は真白に開花してゐた
冬のままの山肌は
朝毎に絹を拡げたやうに美しい
私の瞳の中を音をたてて水が流れる
ありがたうございますと
私は見えないものに向つて拝みたい
誰も聞いてはゐない　免しはしないのだ
山鳩が貰ひ泣きをしては

私の声を返してくれるのか
雪が消えて
谷間は石楠花や紅百合が咲き
緑の木蔭をつくるだらう
刺草の中にもおそい夏はひそんで
私たちの胸にどんなにか
華麗な焔が環を描く

海の天使

揺籃はごんごん鳴つてゐる
しぶきがまひあがり
羽毛を播きむしつたやうだ
眠れるものの帰りを待つ
音楽が明るい時刻を知らせる
私は大声をだし訴へようとし
波はあとから消してしまふ
私は海へ捨てられた

夏のこゑ

遠く見えるな　遠いな
羅紗のマントにくるまり
霧のやうに紫だ
さぶろう！　さぶろう！　と叫んでは
母親は戻つてくる声をまつてゐる
夏の深い眠りのうへで蜥蜴が
風の吹く方を向いてゐる

近く見えるな　近いな

重さうな膝が動きだしてきた
村はづれで大人達はお天気を心配して
騒ぎ合つてゐる
だまりつこく蹲つて
一日中私達に噂をさせてゐる
断ち割ると花粉のやうに水が流れるのだ

季節の夜

青葉若葉を積んだ軽便鉄道の
終列車が走る
季節の裏通りのやうにひつそりしてゐる
落葉松の林を抜けてキヤベツ畑へ
蝸牛のやうに這つてゆく
用のないものは早く降りて呉れ給へ
山の奥の染色工場まで六哩
暗夜の道をぬらりと光つて
樹液がしたたる

The street fair

鋪道のうへに雲が倒れてゐる
白く馬があへぎまはつてゐる如く
夜が暗闇に向つて叫びわめきながら
時を殺害するためにやつて来る
光線をめつきしたマスクをつけ
窓から一列に並んでゐた

人々は夢のなかで呻き
眠りから更に深い眠りへと落ちてゆく

そこでは血の気の失せた幹が
疲れ果て絶望のやうに

高い空を支へてゐる
道もなく星もない空虚な街

私の思考はその金属製の
真黒い家を抜けだし

ピストンのかがやきや
燃え残つた騒音を奪ひ去り

低い海へ退却し
突きあたり打ちのめされる

1. 2. 3. 4. 5.

並木の下で少女は緑色の手を挙げてゐる。
植物のやうな皮膚におどろいて、見るとやがて絹の手袋を脱ぐ。

海の捨子

揺籃はごんごん音を立ててゐる　真白いしぶきがまひあがり　霧のやうに向ふへ引いてゆく　私は胸の羽毛を掻きむしり　その上を漂ふ　眠れるものからの帰りをまつ遠くの音楽をきく　明るい陸は扇を開いたやうだ　私は叫ばうとし訴へようとし　波はあとから　消してしまふ

私は海に捨てられた

詩集のあとへ

百田宗治

一月八日の晩、ベーカーの映画を観たあとで、私は、友達と、新宿のある喫茶店のクッサンで憩《やす》んでいた。一時間ちかくも経ってから、入口の扉があいて、大きい鞄をかかえた春山行夫が入って来た。その喫茶店はいつも編輯者春山行夫が夜更けてから立寄るというその喫茶店であった。――一二度あたりを見廻してから、春山は私の前の椅子に腰をおろした。

――川崎君の妹さんが亡くなりましたよ。

私は初耳であった。

――左川ちかが死んだ？　それからしばらくして、ああそうかと私は自分で首肯《うなず》いた。

――けさ早く、自分の家で亡くなったそうです。春山君がそう付け足した。

二十五というわかい身空で、彼女は胃癌を患って長崎町の癌研究所に入院していたのであった。医師は、だんだん衰弱してゆくから、今年中は保たぬかもしれぬと、去年の秋頃から言っていたそうである。去年の夏、ある家庭の子供達に付添って諏訪へ行っていたが、その間に無理をして、すっかり身体を悪くしたらしい。それから帰って、私の家へ来たときも、相当に憔悴して、血色が悪そうであった。一夏胡瓜ばかり喰って暮していたそうである。

——蟋蟀《こおろぎ》みたいに。と自分でそう言って笑っていた。蟋蟀みたいに。——そういえば、私が一昨年松江へ行ったときに買って帰った竹細工の小さいこおろぎの片あしが、一昨日頃もぎれて見えなくなった。それは片脚だったが、左川ちかは命をなくしたのである。

詩集のことを頼んで死んだということであった。これは私の痛いところに触れた。私の手で詩集を出すことになって居り、それが延び延びになって、とうとう生前その運びにならなかった。——もっとも彼女の病気が大層悪いということを家内から耳にしたとき、私は何とかして校正刷でも彼女の病床に間に合せてやりたいと思った。そして手紙の中で、そのことは明白《あからさま》には書きにくいから、早く快くなれ、そして詩集を出そう——と、子供を励ますような書き方をして置いた。

その詩集がこんどいよいよ出ることになった。彼女の生前ではなしに、そして私の手からではなくて——。私の詫びの気持はもう彼女には届かない。

この六月、北海道へでかけたとき、私は彼女の生れ故郷である余市の町に行って、そこから伊藤整君に絵ハガキを出した。——林檎の枝はみな左川ちかのように天の方に手を延ばしていると書いて。汽車が余市へ近づくにつれて、窓から顔を出す私の眼の下に、どこまでもどこまでもわかい林檎の樹の列がつづくのであった。艶々として白い光を跳ね返している若樹の葉の茂みを見送っていると、白堊《はくあ》の建物をした余市の停車場に、左川ちかが何かの草花を持って私を迎えに出ているような気がした。しかし、着いて見た余市のステーションは、白堊の建物どころか、ひどく虫の蝕《く》った老人の身体のような建物であった。そしてヤス、ナヤ・ポリヤナに引返したトルストイのように、私はしょんぼりと駅の構内を出て行った。——が、一体私は何を書こうとしているのだろう？　こんなことが左川ちかの詩とどういう関係があるというのであろうか。

とにかく、彼女は(家族的な云い廻しをしていえば)私達(つまり私と私の家内)の娘のようなものであった。そして、その娘からいろいろのことを教わって(今日の若い詩壇が私にいろいろのことを教えてくれたように)、そして私達はこんな風にその娘を見送ってしまったのだ。彼女は男のような顔をして寝棺のなかにその足を延ばしていた。しかし彼女は女であった。わかい女であった。彼女が成し遂げたことが、或は成し遂げようとして、半ばで殪れたことが、どんな価値を持っていたか——そんなことはまるで知らないような、またそういうことは無関係のような一人のわかい女として彼女は死んで行ったのだ。

根のないこれらの花々——作者のいないこれらの詩が、どんな風に人々に受取られて行くだろうか。彼女の生きていたときと、今と、どんな風に人々は「詩」というものを違えて考えているだろうか。おそらく数少いであろうこれらの詩の読者の苗床のなかで、この花々の隠し持っている小さい種子がどんな風に根をおろし、延びてゆくかを、いつまでも私は見戍《みまも》っていたい気持でいまはいるだけである。

左川ちか詩集覚え書――刊行者――

一、この詩集の編輯は発表順によった。但し再度雑誌を更《か》えて発表されたものはその最初の発表の時に順《したが》った。
一、詩の改作されたものはその改作のものによった。
一、題名の改められたものはその改題名によった。但し「幻の家」は「死の髯」の改作ではあるが、思うところあって二者とも収載した。その他の改題は左の通りである。

朝のパン（朝の麵麭改題）
眠つてゐる（睡眠期1改題）
神秘（同　2改題）
白と黒（同　3改題）
夢（同　4改題）

The mad house（同　5改題）

毎年土をかぶらせてね（冬の詩改題）

一、この詩集の詩は「昆虫」を昭和五年八月号の「ヴリエテ」誌に発表したに始まり「夏のこゑ」と「季節の夜」の昭和十一年三月号の「椎の木」誌への発表を最後とする。「The street fair」と「1. 2. 3. 4. 5.」との二篇は制作若しくは発表の時を明らかにしない。

一、詩を発表した雑誌は左の通りである。

詩と詩論、椎の木、短歌研究、文学、文芸汎論、セルパン、今日の詩、今日の文学、マダムブランシュ、海盤車、貝殻、カイエ、作家、女人詩、呼鈴、闘鶏、書帷、モダン日本、るねつさんす、エスプリヌーヴオー、白紙、ヴリエテ、文芸レビユー、新形式。

左川ちか小伝

明治四十四年二月十四日北海道余市町に生る。本名川崎愛。幼時から虚弱で、四歳頃までは自由な歩行も困難な位だった。

昭和三年三月庁立小樽高等女学校を卒業。

同年八月上京、百田宗治氏の知遇を得。

同六年春頃から腸間粘膜炎に罹《かか》り約一年間医薬に親しんだ。

同七年八月椎の木社からジョイスの『室楽』を刊行。

同十年二月家庭教師として保坂家に就職。夏頃から腹部の疼痛に悩み始めた。

同年十月財団法人癌研究所附属康楽病院に入院、稲田龍吉博士の診療を受けた。

同年十二月廿七日本人の希望で退院。

同十一年一月七日午後八時世田ケ谷の自宅で死去。

補遺

墜ちる海

赤い騒擾が起る
夕方には太陽は海と共に死んでしまふ。そのあとを衣服が流れ波は捕へることが出来ない。
私の眼のそばから海は青い道をつくる。その下には無数の華麗な死骸が埋つてゐる。
疲れた女達の一群の消滅。足跡をあわててかくす船がある
そこには何も住んでゐない。

樹魂

森のトンネルをこえて、麓にまでつづいてゐる電信線をつたつて
再び幼かつた頃の思ひ出が戻つて来る
谷間は暗く、そして冷たい
さまよへる声よ
あなたはそこにゐた
雪解の道をわたる商人らを追ひかけてゆく黄昏
軒下を蚊柱が上へ上へとまはつてゐる
あ、あ、帰つてこないか。まつすぐに

楽しい叫びとなり。山々をゆすつて空の彼方へしみこんでしまふ
少年の日の憂ひを深めて、人影はみな遠くへ行く

花

1

夢は切断された果実である
野原にはとび色の梨がころがつてゐる
パセリは皿の上に咲いてゐる
レグホンは時々指が六本に見える
卵をわると月が出る

2

林の間を蝸牛が這つてゐる
触角の上に空がある

3

今日は風の色が濃い
ピストンが塩辛い空気を破つて突進する
くつがへされた朝の下で雨は砂になる

指間の花

1

昨日ホテルの裏通りを歩いてゐた時、ガードの下のところに咲いてゐる黄色い花をめつけた。アスファルトの裂け目の乾いた土の上のひとかたまりの色彩。

明るい午後の鋪道は自動車のボデイが照りかへつて、それの長いつながりは美しい。私は幾度もその後から駆け出したくなる。太陽が其処にゐるのかと思つた。エンヂンのひびきや油の匂が軽い空気のやうに街にいつぱい充ちて、両側の窓硝子をゆすぶつてゐる。街角では起重機が鉄材を空へ捲きあげてゐる。薄い空を傷つけなければよいが。物の壊れる音、常に動いてゐる空間の魅力は素晴らしい。ヂグザグとした切断面の美しさばかりを見てゐるといふことは単に眼を疲れさすだけではないか。

2

ベコニヤは支那の婦人の靴を連想する。桃色の小さい豊かな花弁がカアテンをあげたばかりのフレエムの中に湿つてゐる。

並木の下で少女は緑色の手を挙げて誰かを呼んでゐる。植物のやうな皮膚を驚いて見てゐると、やがて絹の手袋をぬいだ。

3

夜更けになると人間の形をしたハンマアが小さなカンテラの灯の下で地殻を掘りさげてゐる。そして真暗な穴の向ふへ私達を連れこまうとしてゐる。明るい地上がいまにきつと忘れられる時が来る。土壌の崩壊、建設、そんなものが人間を負かしてしまふのだらう。

4

馬が嘶きながら丘を駆けてくる。鼻孔から吐きだす呼吸はまつ白い雲であつた。彼はミルクの流れてゐる路をまつしぐらにやつてくる。私は野原は花が咲いたのかと思つた。

5

朝になるとキヤベツ畑では露が大きな葉のかげに溜るのだが、殆どこれは昆虫の常食になる。露の宝石をたべるので、青虫はあんなに透明な体をしてゐる。

6

カツトグラスの中に一本のケンシスが生える。その鉛の液体は有害である。私は本を読む時、メガネをはづしてそばへ置く。

菫の墓

ピアノからキイがみなでていつた
真暗な荒野に私は喜びを沈めよう
昼の裸の行進を妨げる
むきだしになつた空中の弦は断たれるだらう
リズミカルな波が過ぎ去つた祭礼にあこがれる
いつまでも祈るやうな魂の哄笑が枝にお頭儀をさせ
われわれの営みを吹き消す
その巨人等の崩壊はまもなく大地へ
凍つた大理石を据ゑてしまふ

烽火

太陽の娘は
蒼穹からくる光の中に
黄金の腱をうちならし
新しい燔祭に拍手する
ハアプシコードのKEYの上を
朝は弾く
汚れた象牙の指はかきあつめられ
生命を燃やしつつ
やがて躍動する時は来た

夜の散歩

夜更になると鋪道は干あがつて鉛を流したやうに粗雑で至るところに青い痰が吐きつけられてゐる。その生々しいかたまりが、私に人間の腐つた汚れた内臓の露出された花のやうな部分を想像させ、摑まへどころのない不気味な気持にかりたてられる。昼の間は巧みな表情やお世辞の多い会話で蔽ひ隠せるだけ隠した人達がこの暗がりのあちらこちらに自分の一番醜悪なところだけを新聞紙の屑や蜜柑の皮と一緒に安心して置いていつたに違ひない。それらを下駄の歯でおさへつけ、爪先で蹴飛ばしながら男も女も夜の街路からどこかへ逃げてしまつた。どよめきは完全に停止し何事も無かつた時のやうに静まりかへつてゐる。撥じき返す犬どもの目玉もなく、陰翳といふ陰翳はすべてもつともらしい破滅の中に沈んで暗黒が舌なめづりをしてゐる。私の怖れてゐるのは私をうちのめす闇の触手だ。見えない力で凍えかかつた胸を溶かし或時は約束もなく棄て去るそれらの曖昧な刃物を。

私は今歩いてゆく。他人の捨てたぬけ殻を拾ひ集めながら現実を埋めてゐたものはこんなむさくるしい残滓だけであつたことを思ひいつも空白な場所を充してゐると考へてゐた美しい羽毛は頼りにならない泥沼の上であつた。傲慢な性格や建物、音響などが現実を濾過する時の眩暈する時間はたつたいまであつたやうな気がするけれども、ほんたうは遠い昔の出来事かも知れない。私達の凭りかかつてゐる壁のやうなもので出来た夜が押し拡げてゆくのは貧弱な壜の口から落ちてゐる一滴の黒い水である。それが殖民地の港を潜り、裏切られた人々の心を流れ、明るくなるまで堰止められることはないだらう。

両側の家々の窓はもうはためかない。私が通るたびに合歓木のやうに入口を閉ぢる。戸のすきまからいくつもの目が覗いて、終つたばかりの談話をまた続けて私の癖を笑ひ、噂をし、どんな悪口を云ひ合つてゐることか。ぼそぼそ呟いてゐる音のその内側から洩れるのが私を立ち止らせ、狙つてゐる。私は振返ることを許されない。前方には電車の軌道が空中に湾曲して華やかな火花を散らしてゐる。でこぼこした地図を跨いでゐるやうに粘りつこい足の裏を気にしながら、私は小さな環のまはりを足踏みしてゐるだけである。立つてゐる場所といへば靴のかかとがわづかに接触してゐるだけの土壌が私自身を支へてゐるのみで余分な土地はどこにもない。不安定な足枷をふみしめながら歩行することは非常に困難である。私達は深い谷底に突き落される幻覚を屡々見る。私は縋る、毛糸に、垣根の忍冬に。けつして脚元だけしか照さうとしない電気王冠が人を嘲笑しつつ無気力な男達の顔を歪めて通りすぎる。お前には何も出来ない、お前はもう役に立たなくなつたのだといふやうな様子をして。私達は彼等から卑劣な言葉を、哄笑を掬ひあげれば沢山だ。

誰も見てゐるわけではないのに裸になつてゐるやうに私は身慄ひする。街路樹には葉がなかつた。触ると網膜が破れさうだ。今まで私をとらへてゐた怪物の腕はなほ執拗に強制する。信じさせようとしたり、甘やかさうとしたりする心を。あれは無形の組立ををへたばかりの虚偽なのであらう。いつまでも失つたものを掘りかへさうとしてゐるおひとよしな女への冷酷な鞭である。だから再び清麗な反響は聴えない。成熟した日光の匂も其処にはなかつたから。内臓の内臓を曳き出してずたずたに裂いても肉体から離れてしまつた声は醜い骸骨を残し、冬の日の中に投げ出されてゐる。

私は嵐のやうな自由や愛情にとりまかれてゐたかつた。それなのに絆は断たれた。もはや明朗なエスプリは喪失し、大地はその上に満載した重さに耐えられぬ程疲労してゐる。低音を繰返し苛立たしい目付をして。ただ時々閃く一条の光が私が見た唯ひとつの明日への媚態であつた。

裏町の脂粉を醸し、掌のうへで銀貨の数をしらべ、十二時二十八分の風が吹く。夜中から朝へと往復する風が私の双手を切つて駆けだす。その揺れてゐる襞の間からフイルムのやうな海が浮びあがる。雪が降つても降つても積らない暗い海面、丁度私が歩いてゐる都市のやうに滑らない花の咲かない一角で、何か空しい騒ぎを秘めてゐる波の群、滅びかけた記憶を呼びかへし、雲母板のやうな湿つぽいきらめきを与へつつ一度に押寄せて来て視野を狭くする。あの忌はしい外貌は歎くだらう。思惟の断層に生彩をそへながら消えてしまふまで、傷口を晒す。

角を曲らうとする。誰がこんなじめじめした区域に、根を下さうとするのか。星の囁を忘れよ、夜の脇腹を縫ふピストンに合せて散る頭上の花葩は輝く。軒下に首へハンカチを巻きつけた一人の男が蹲つて、たつたいま下界に墜落して来たかのやうに天空を窺つてゐる。妙に古典的な表情とくすんだ静脈が透いて見える。早く帰らなければならない、もう帰るんだぞと云ひながら、独白が歯のあひだからこぼれる。

花苑の戯れ

Scene I

街の鋪道へあざやかに
描いた恋のフイギユア
空のロビイのリラの花
瞳のなかの暗い日を
白と黒とに開けてゆく

Scene II

鉄砲百合から合唱する少女達の声が――
最初に季節を破る
植民地行きの燕麦は
貨物船の上で芽を出すと
食卓の雲のかげから
ペンギン鳥がエプロンを振る
貝殻
蝶
Oh!

風が吹いてゐる

暗い庭を
賑やかに笑ひながら
行列が通つたあとのやうに
ゆられる樹木は
誰に話かけようとしてゐるのだ
見えない足音が
遠くの声のやうに
白日の夢をかはかし

氷の上で
私の影を踏みつけてゐる

外でははげしく
昼が吹き消された
鷗は嘴をまげ
むらがる波から
あたたかい言葉を集め
ランターンの中へ
逃げ込んでしまつた

人々は春を待ち
失つた時刻を求め
彼らの瞳のなかへ

もう一度
鷗の帰るのを望むだらう。

季節

晴れた日
馬は峠の道で煙草を一服吸ひたいと思ひました。
一針づつ雲を縫ひながら
鶯が啼いております。
それは自分に来ないで、自分を去つた幸福のやうに
かなしいひびきでありました。
深い緑の山々が静まりかへつて
行手をさへぎつてゐました。
彼はさびしいので一声たかく嘶きました。

枯草のやうに伸びた鬣が燃え
どこからか同じ叫びがきこえました。
今、馬はそば近く、温いものの気配を感じました。
そして遠い年月が一度に散つてしまふのを見ました。

小文

Chamber music

舗道がコチコチに凍つて、冬の街は何となく味気なくなるのですが、スケートリンクのつもりであざやかな恋のフィギュアを画くことも彼女達にとつてはまた楽しいといふものです。

アベックの時、あなたは彼氏の左側になりますか、それとも右側にきますか。どちらでもいいとしても、信頼せる彼氏であればある程ショウインドのある側へ並んで散歩なさいませ。退屈な時に、またさうでない時に、これ程賢明な方法はないでせう。そして独ぼつちの時には出来るだけ迅速に歩くこと。たん念にウインドを覗いてゐるなんておよそ馬鹿げた道草に見えます。

寒い時は靄《もや》が立ちこめてゐるやうな室内殊にレストランやカフヱは何か知ら幸福

さうに見えるものですが。併したいていの場合そこは有害な談話や悪い空気が充ちてゐるのです。あなた達はそんな時空腹を感じるでせう。そしたらまつすぐに郊外の家へ帰る用意をなさるやう。電車やバスにゆられて、郊外の景色も見あき向側の座席の人間がみんなロボツトのやうにつまらなくなりましたら、此のエスプリを御覧下さいませ。あの薄暗い倹約した電燈の光のもとで宝石のやうに新鮮に、優美に、或は有効にあなた達の前に輝くことでせう。或る時は気軽な友達ともなり、レディスやゼントルメンのために楽しいひとりひとりの生活を花のやうに飾るためにもつくることのない知識の泉となりますことでせう。

気紛れな方達よ！　スポーツもシネマも恋のあそびにもあきちやつて、猫の目のやうに変り易い街の流行を拾はうとお思ひでしたらこの小さな携帯便利な旅行案内は如何でございませうか。

S.S.C.C.

魚の眼であつたならば

つまらなくなつた時は絵を見る。其処では人間の心臓が色々の花弁のやうな形で、或は悲しい色をして黄や紫に変色して陳列されてゐるのを見ることが出来る。馬が眼鏡をかけて樹木のない真黒い山を駆け下りてゐる。私はまだ生きた心臓も死んだ皮膚も見たことがないので、とても愉快だ。なんて華やかな詩だ！　私は虫のやうな活字を乾いた一片の紙片の上に這はせる時のことばかりを考へてゐたから。美しい色が斑点となつて風や海の部分を埋めてゐる。画家の夢が顔料でいつぱいに染つて、まだ生々しく濡れてゐるのだ。馬鹿気た落書きなんだらうと思ひながら、あのずたずたに引き裂かれた内臓が輝いてゐるのを見ると、身顫ひがする位気持ちがよい。跳躍してゐるリズム、空気の波動性この多彩な生物画が壁に貼りつけられて、眼の前で旋廻してゐるのは一つの魅力である。

画家は瞬間のイメエジを現実の空間に自由に具象化することの出来る線と色をもつてゐる。彼の魔術は凡てのありふれた観念を破壊することに成功した。太陽と精神内の光によつて細かに分析された映像を最も大胆に建設してゆく。時には人の考へたこともなかつたものに形を与へてくれた。又、いつも見馴れて退屈してゐるものをぶちこわして新しい価値のレッテルを貼る。画家の仕事と詩人のそれとは非常に似てゐると思ふ。その証拠に絵を見るとくたびれる。色彩の、或はモチイフにおける構図、陰影のもち来らす雰囲気、線が空間との接触点をきめる構図、こんな注意をして、効果を考へて構成された詩がいくつあるだらうか。たいていはその場一寸した思ひ付きで詩を書いてゐるにすぎないのではないかしら。それでよい場合もある。併しそんな詩は既に滅びてゐる。平盤な生命の短いものであつた。

私たちは一個のりんごを画く時、丸くて赤いといふ観念を此の物質に与へてしまつてはいけないと思ふ。なぜならばりんごといふ一つのサアクルに対して実にいいかげんに定められた常識は絵画の場合に何等適用されることの意味はない。誰かが丸くて赤いと云つたとしてもそれはほんのわづかな側面の反射であつて、その裏側が腐つて青ぶくれてゐる時もあるし、切断面はぢくざくとしてゐるかも知れない。りんごといふもののもつ包含性といふものをあらゆる視点から角度を違えて眺められるべきであらう。即ちもつと立体的な観察を物質にあたへることは大切だと思ふ。詩の世界は現実に反射させた物質をもう一度思惟の領土に迄もどした角度から表現してゆくことかも知れない。

私は今まで一つの平面の対角線の交点ばかりを見てゐた。その対角線に平行する空間を過ぎる線のことや対角線に垂線を下した場合などに気付かない時が多かつた。黒か白の他に黒でもない白でもないぼんやりとぼかしたやうな部分がこの空間をどんなに占めてゐるのだらう。そんな網の目のやうな複雑な部屋の窓を開けることはまたどんなに楽しいだらう。私は自分の力でこぢ開けなければと思ふ。

展覧会では完成した絵をいくつも見た。なる程うまいかも知れない。併しそのやうな絵は面白くない。それは結局一つの区域内の完成、運動の停止であつて、行き詰つてゐることを語る以外の何物でもない。私はむしろ破綻のあるものに魅力を感じた。その時の動揺は将来性を示してゐるやうに思はれた。それから又随分映画の影響を受けてゐる作品が多いと思つた。シルウエトや黒と白の明暗の使ひわけなど。落ちぶれたゴッホや太陽の二つあるやうな絵もあつた。

疲れて足が地面につかないやうな気がしたけれど外へ出たら若い緑が目にしみた。

春・色・散歩

遠くの空が黄色く光つて、目を細くしてゐるとそれが淡紅色の中に溶けてしまひ段々大きな拡がりになつて真白に輝いて来ると目を開いてゐることが出来なくなります。春になると私はよく白い空を仰いで驚くことがあります。これは私の視覚が病気になつたのではなく、暖かい太陽が冬の間の凍つた空を少しづつ溶かすので色々な複雑した現象を呈するのだと思ひます。春の空は透明ではないが丁度スペクタクルを見るやうに瞬間的な華やかな美しさが溢れてゐるやうな気がいたします。そんな空の下では野原も樹木もいつの間にか新しい装ひに変へられて、自然の大まかなデザインが私たちの目を見はらせ、私たちの体を戸外へ戸外へと押しだしてしまひます。私の絵具箱の中のチユヴからエメラルドグリーンが全部絞りだされてしまつたのではないかと心配になる程、外はその色の汎濫《はんらん》です。その中を赤いベレが通りガンメタルの靴下が走つてもおしやれな婦人等のやうな自然のもつ色彩のトーンを乱しはしないでせう。

私は家の中にぢつとしてゐることが出来なくなり、船に乗つてどこかへ行くことを一日中考へたり、疾走する自動車から振るひ落されさうになる時のあの危険を楽しんだりいたします。風景でも音響でもたえず動いてゐるものに魅力を感じます。郊外電車からバスに揺られて小さく刻まれて目の中に入つてくるフイルムのやうに展けてゆく街の絵は非常にヴィヴットなものだと思ひます。

明るい鋪道はそれ自身が奏するかのやうにすべての機械の交響楽です。そして人がそのうへを行つたり来たりしてゐることによつて速度が加り、或は高音に、音楽的な美しい階調をあらはしております。用事もないので、両側の飾り窓を眺めて歩きます。柳の並木がアーク燈のある側から芽をだし、その下を歩く人の袂《たもと》を軽くなぶつております。

宝石店の飾窓はいつものやうにお姫さまのためにたくさんのドロップのやうな甘

い花束やまばゆい王冠をならべてあります。私は花屋とお菓子屋の店先ではまるで反対な感覚をもちます。カーテンをあげたばかりの硝子のフレエムの中に咲くスヰートピイやカーネーションやバラを見てゐると、とてもおいしさうで食べたくなるのです。お菓子屋のデコレーションを見るとそれが花園の中の赤い花で黄色い花粉が散つてゐる、といふ風に考へてしまひます。街の窓々にはレエスのショールやパラソルが拡げられました。果実店はルビイのやうな苺を、オレンヂの硝子球を、太陽からの贈り物のやうにもつたいぶつて飾つてあるのです。私はライカが欲しいと思ひ、エメラルドの指輪を想ひだし、アメシストのブロオチに触れてみたくなり、一つづゝ飾窓を覗いて歩きます。いつの間にか私はタンポポやライラツクで出来たランドオに乗つて、このきれいな花園の中の一本道を静かに走る女王様のやうにうつとりとしております。そうすれば一枚づつ花芭《はなびら》が開くでせう、これらの店の扉があくやうに。そして春の街にはなんと多くのイミテーションの女王様がゐることでせう。

「何をぼんやりしてゐるんだ」といふ声がして向ふ側の大きな硝子をメリメリと

裂りながら私の肩を叩く人があります。それと一緒にタンポポの馬車も、明るい花園もどこかへ消えてしまつて、私の知人が私の後方で笑つてゐるのです。いい葉巻の匂がして、緑色の風が吹いて、豆電気のやうにちかちか光る空気が私の眼の中をひとまはりするのでした。

樹間をゆくとき

眼鏡をかけてゐるといふことは物をはつきり見るためではなかつた。つまり顔の幅だけで物を見てゐると、現はれてゐる事柄だけに錯覚を感じそのものがどんな拡がりをもつてゐるのか、どんなふうに浸潤してゆくかを知る前に現象それ自身の火花にごまかされてしまふ場合が多い。見ることは結果を知るのではなく、現象の中の一部分の終りに達するためである。こんなことを考へながら麦畑の中を歩いて行く。戦ひとつたやうに生々と伸びてゐる麦が黒い土地をくまどつて白く輝いてゐる。五月の太陽は今の日本の詩人たちにとつては少し明るすぎるのではないだらうか。それは幻影と夢を語るのみで、このあまりにフランス流の空気の中では調和する何物もない。向ふ側の樹木のつながりと彼らのイメエヂとどんな関係があるといふのか。ライカの世界だけを詩に移入されたといふ過失は、眩暈を感じる移度で、菓子のやうな甘さも、羅列された言葉も、私が歩いてゐる道の側の欅の若葉ほどの新鮮さがあるとはいへない。他人の真似をしてゐる間だけ自己を失ひ、そのかたまりをなしくづしてしまつた時は疲労してゐる。眼鏡をはづした時のぼんやりした風景の中にも明瞭な美しさがあり、眼鏡をかけてゐる時ははつきり見えるものの中にも、ぼんやりしたよさがあるのに、誰れもが、たつた一つの鏡を覗いて、黒白をきめなければならないと考へることは愚かだ。境界線を探すことではなく、その一本の線の両側の無数の伏線を、飛躍した視野の切断面にぴしりぴしりと、あはせてゆくことにあるのではないだらうか。ただ、その視野が近いか遠いかといふことに芸術的なリズムの高い低いがきめられると思ふ。詩は言葉の勉強だと思ふ。併しそれは話すやうな言葉とちがつて、表面から見えない心の言葉である。思惟の中から選ばれた言葉で空間を充すことであると思ふ。言ふために言はれた言葉だけの意味を拾ひあげることではなく、何を言はうとし、又何物かを反映しようとすることであらう。最もきびしくそして非常にわづかで、焔のやうに焼切るところの巧さである。沢山のおしやべりをしながら何か一つほんとうのことを言ふことでもあり、或は背後から追ひかけてゆくことでもある。

火の消えない煙草の吸ひ殻を私は踏みつける。私の先を誰れかもう歩いて行つたのだ。このたえまない自然の断続の中から、人為的なものをみつけることに彼の失敗があり、彼女の説謬があつた。林の中に入ると今まで聞えなかつた風の音がやかましくきこえる。あの風の音のやうな作品を沢山かいた柏木俊三さんは梢と、それから空気や風のやうな無機物を愛したとは考へられない。むしろ反対のものであつたらう。風が体内を通り抜けてゆく時の人間や、林の中で小馬の啼声に目をむいてゐる自分自身の姿を書きたいために、ああした無駄なことをかいたのにちがひない。裸になつた人間をかきたいのに、どうしてもそれを叫んだ人間をかけないで木魂ばかりを書き、通つて行つてしまつた足跡だけをかいてゐた柏木さんの詩に苦しさというふやうなものが感じられるのは私だけだらうか。椎の木五月号の〈早春〉といふ詩よりは四月号の〈稲妻〉にそのはげしさを知ることが出来る。樹木の言葉を知り、そしていきどほつてゐる柏木さんが風物を衝いて出て来るのである。江間章子さんの

〈田舎ぐらし〉はいつものやうに、焦点のない音楽を聴くやうにわけのわからない楽しさを与へる。江間さんはどの場合でもピントをあはせようとしない。私たちはちよつと戸惑する。そのすきに、鮮やかにも美しいカーブをする。平野仁啓さんにはいつも期待する。そしてそれを裏切られたことはない。〈乖離〉も手際よくまとめられた作品。〈旧友との一時〉で内田忠さんは暖い言葉で将棊倒《しょうぎ》しにくづれてゆく感情の細かさを歌つてゐる。実体はいつも見えない。その投影が私たちの胸にぼんやりした輪をなげる。さうしたものを内山義郎さんの詩から受ける。〈生活〉にも、三月号の〈思索〉にも内面の均整を直線だけで表現してゐるやうだ。〈屋根屋の職人〉の阿部保さんの詩は甘美な抒情詩、私たちは花束をもつた少女の絵をいつも想像し、音楽にしてはあまり遠すぎるかと思ひ、その薔薇の刺は透明な水晶の針のやうに光つてゐる。高松章さんの〈三月の歌〉は少し緩やかなやうである。併し季節の風はもう牧歌ではない。その足音のやうに私たちの頬を平手で打つて通りすぎる。林の中を歩いてゐると、樹皮のすべすべした木を一本発見する。あまり見馴れぬので何だらうと思ふ。小高根二郎さんの詩を私ははじめて拝見する。〈石の歌〉は屈折する光のぎざぎざした切れ目を見るやうである。粘着力といふやうなものが仄かな明るさを示めす。

樹木はだまつて立つてゐる。千年の年月のために、時間を克服するかのやうに。純粋といふことは水とビールのちがひではなかつた。私は樹の間から空の見えないのを息苦しいと思つた。

校異

○本書の底本には『左川ちか詩集』(昭森社、一九三六年)を用いた。収録された七十六篇の各詩は、著者生前に複数の雑誌・単行本に発表・掲載されている。底本(本書)との異同の内、以下を掲げた。

語句の書き換え　漢字・平仮名の違い　改行・追い込みの違い

一行アキの有無

○以下については、取り上げなかった。

句読点の有無・相違(壁に。・壁に、　など)

送り仮名の違い(充たす・充す　静かに・静に　など)

仮名遣いの違い(やうに・ように　カフエ・カフヱ　シガレツト・シガレット　ステーション・ステーション　アアチ・アァチ　カーヴ・カアヴ　など)

漢字語の振り仮名の有無

反復記号使用の違い(若々しい・若若しい　ひゞいて・ひびいて　など)

行頭字下げの有無　文中での一字アキの有無(ゐる時々・ゐる　時々　など)

仮名の清濁(たち・だち　バグダアド・バクダアド　など)

○底本が、雑誌・単行本の明らかな誤記を訂正している箇所は取り上げなかった。

○底本(本書)との異同を次のように示した。

13頁1　パン　麺麭　本書一三頁一行目の「パン」、雑誌・単行本では「麺麭」。

○大幅な改稿がされている箇所は、本書当該部分の最初と最後を掲げてから、その箇所全体の異同を示した。

○／は、「改行」を示す。

○漢字は、新字体を使用した。

○この校異は、『左川ちか資料集成　増補普及版』(紫門あさを編纂、東都我刊我書房、二〇二一年)に掲載された雑誌・単行本の影印に拠って作成した。雑誌・単行本の書誌情報は、同書の記載に拠り、巻号表記等を若干整理した。

昆虫

『ヴァリエテ』一巻一号（一九三〇年八月）

11頁5　私はいま殻を乾す。
　私はいま痣を乾す。

朝のパン

『文芸レビュー』二巻九号（一九三〇年十月）

13頁1　パン　麺麭

13頁2　友等　友達

13頁6　つひに　遂に

13頁7—8　溺死してゐる。／彼等の
　溺死してゐる。彼等の

『詩と詩論』十二冊（一九三一年六月）

14頁1　麺麭　パン

『合集　詩抄Ⅰ』（椎の木社、一九三三年三月）

13頁2—3　〔一行アキ〕　〔一行アキなし〕

13頁7　男等　男ら

14頁1　麺麭　パン

私の写真

『白紙』十一号（一九三〇年十月）

未見（タイトル「秋の写真」か）

錆びたナイフ

『詩と詩論』十二冊（一九三一年六月）

16頁3　吊り下がる　釣り下がる

黒い空気

『今日の詩』五冊（一九三一年四月）

17頁3　中では　中で

17頁4—6

降りて来て私をとりまく。林や窓硝子は女のやうに青ざめる。夜は完全にひろがつた。乗合自動車は焔をのせて公園を横切る。／〔一行アキ〕／その時私の感情は街中を踊りまはる

　下りて来て私をとりまく。森林や窓硝子が女のやうに青ざめる。／夜が完全にひろがる。／乗合自動車が焔をのせて公園を横切る。／〔一行アキ〕／その時私の感情が街ぢうを踊りまはる。

『詩と詩論』十二冊（一九三一年六月）

17頁4　樹　木

17頁5—6　〔一行アキ〕　〔一行アキなし〕

雪が降つてゐる
『新形式』二号(一九三一年五月)
18頁1　雪が降つてゐる　　雪が降る
18頁5―19頁1
死は柊の葉の…貪つてゐる。
　死は柊の葉の間にゐる　私の指にしのびよる　そして夜の十二時――硝子屋の店先きではまつ白い脊中を向けて倒れる。／〔一行アキ〕／古びた恋と時間が埋められ、地上は貪つてゐるように見える。
『詩と詩論』十二冊(一九三一年六月)
　異同ナシ。
緑の焰
『新形式』三号(一九三一年六月)
20頁6　ペンキを塗る
　　ペンキを塗りかへる
『詩と詩論』十四冊(一九三一年十二月)
21頁4　穴の中へつれもどす
　　穴へつれ戻す
21頁5　緑色に染まつてゐる
　　緑に染められ
出発
『今日の詩』三冊(一九三一年二月)
22頁2　開く森や　　開く。森と
22頁4―7
街は音楽の…数をます。
　街は音楽の一片に、自動車や白いスカアツに切られて飾窓に飛び込む／果物屋は朝を匂はせる／そこでも太陽は青いろに数を増す
22頁9　太陽等を　　太陽を
『詩と詩論』十二冊(一九三一年六月)
　異同ナシ。
青い馬
『白紙』十号(一九三〇年八月)
23頁7―8　〔一行アキ〕　〔一行アキなし〕
23頁4―5
テラスの客等…落書きしてゐる。
　テラスのお客達はあんなにシガレット

を吸ふのでブリキのやうな空は女の頭
　の落書きがいくつも残る。
23頁5―6　恋と悔恨と　　恋や悔恨や
23頁7　飛び降りずに　　飛び下りないで
『詩と詩論』十二冊（一九三一年六月）
　異同ナシ。
緑色の透視
『レスプリ・ヌウボオ』二年二号（一九三一年七月）
　異同ナシ。
死の髯
『今日の詩』十冊（一九三一年九月）
　異同ナシ。
『文学』一冊（一九三二年三月）
　表題「幻の家」。本書三五頁「幻の家」参照。
季節のモノクル
『白紙』十五号（一九三一年十一月）
　異同ナシ。
『詩と詩論』十四冊（一九三一年十二月）
28頁3―4

此処を行つたり来たりして、／彼らの虚
　心と音響をはこぶ。
　ここを行つたり来たりして、彼等の虚
　栄心と音響をもつ。
28頁8　またいろ褪せて　　いろ褪せて
青い球体
『詩と詩論』十四冊（一九三一年十二月）
　異同ナシ。
断片
『今日の文学』一巻九号（一九三一年九月）
31頁1　断片　　断頭機
31頁2―8
　雲の軍帽を…断つだらう。
　　雲の軍帽をかぶつた青い士官が並んで
　ゐる。／無限の穴より夜の首を切り落
　す。／空と樹木は重り合つて戦つてゐ
　るやうに見える。／アンテナ線はその
　上をきつて走る。／花びらは空間に浮
　いてゐる。／正午、二頭の太陽は闘技
　場をのぼつてゆく。／赤くさびた夏の

感情はまもなく私らの恋も断つだらう。

『詩と詩論』十四冊(一九三一年十二月)

異同ナシ。

ガラスの翼

『今日の文学』一巻十号(一九三一年十月)

32頁2―8

人々が大切さうに…降らしてゐる。

人々が大切さうにわたしていつた硝子の翼にはさんだ恋を、太陽は街かどで毀してしまふ。/空は窓に向つて立つてゐる。ヴエンチレエタアのまはる毎に色が濃くなる。/木の葉は空にある。それは一本の棒を引いてゐる。屋根らはよりかかつて。/ふくらんだ街路を餌つてゐる電車と水兵の黐つてゐる襟、空気の皺の間を旋廻してゐる。/(一行アキ)/盛装した夏の行列が通りすぎては硝子のかけらの中で崩れる。/私らの心の果実は幸福な影を降らしてゐる。

『詩と詩論』十四冊(一九三一年十二月)

異同ナシ。

循環路

『椎の木』一年一冊(一九三二年一月)

33頁6―7

叩けば音がする。/夜がぬけ出してゐる時に。

叩けば音がする。夜がぬけ出してゐる時に。

『文学』一冊(一九三二年三月)

33頁9　空の少年の　空は少年の

幻の家

『文学』一冊(一九三二年三月)

33頁9　空の少年の　空は少年の

異同ナシ。

記憶の海

『文学』一冊(一九三二年三月)

36頁5　駈けて　駆けて

『合集　詩抄Ⅰ』(一九三三年三月)

36頁5　駈けて　駆けて

青い道

『反響』四号（一九三二年二月）
37頁5　染色工場！　染色工場!!
37頁7　花束　花たば
37頁8　中で　なかで
38頁2　触れるとき、　触れる時
38頁3　泣くたびに　泣く度に

『文学』一冊（一九三二年三月）
異同ナシ。

冬の肖像

『椎の木』一年四冊（一九三二年四月）
39頁8　落著かずに　落付かずに

白と黒

『マダム・ブランシュ』一号（一九三二年五月）
43頁5　彼らは　彼等は
43頁5　椅子であつた。時と焔が
　椅子であつた。／時と焔が
43頁7―8
　雨の中を顔の黒い男がやつて来て、／私の
心の花苑を
　雨のなかを顔の黒い男がやつて来て、
　私の心の花壇を
43頁10　ゆくのか　行くのか

『文学』四冊（一九三二年十二月）
43頁1　白と黒　睡眠期3

五月のリボン

『今日の文学』三巻六号（一九三三年六月）
異同ナシ。

神秘

『椎の木』一年六冊（一九三二年六月）
45頁2・3
　ころがる。地殻に触れることを避けてゐる
如く、彼らは旋回しつつ飛び込む。
　ころげ落る。地殻に触れることを避け
てゐる如く彼らは旋廻しながら、旋廻
しながら、飛び込む。
45頁3　駈け出し、或は風は
　駆け出し、風は
45頁7―8　樹木は　樹木が
45頁9　ほとばしりでる　ほとばしり出る

45頁10　あ、また男らは
　　ああ、また、男らは
『文学』四冊（一九三二年十二月）
45頁1　神秘　　睡眠期2
『合集　詩抄Ⅰ』（一九三三年三月）
45頁7―8　樹木は　　樹木が
45頁9　ほとばしりでる　　ほとばしり出る

蛋白石

『椎の木』一年六冊（一九三二年六月）
45頁8　頰をながれ　　頰をつたつて、
『文学』四冊（一九三二年十二月）
46頁9―10　〔一行アキなし〕　　〔一行アキ〕
『合集　詩抄Ⅰ』（一九三三年三月）
46頁9―10　〔一行アキなし〕　　〔一行アキ〕

夢

『マダム・ブランシュ』二号（一九三二年七月）
47頁2
　真昼の裸の…白い骨である。
　　真昼の裸の光のなかでのみ現実は崩壊
　　する。すべてのものは鋭く白い。
47頁4　またそれ等は　　またそれらは
47頁5　迂廻して　　迂回して
47頁7　まきあげてゐる　　巻きあげてゐる
『文学』四冊（一九三二年十二月）
47頁1　夢　　睡眠期4

白く

『海盤車　ETOILE DE MER』一巻四号（一九三
二年八月）
48頁3　アミシストの釦がきらめき
　　アミチエストの釦をきらめかせ
48頁8　おもひだす。　　思ひだす
『文学』四冊（一九三二年十二月）
48頁4　降りてくる　　降りて来る

緑

『文芸汎論』二巻十号（一九三二年十月）
　異同ナシ。

眠つてゐる

『文芸汎論』二巻十二号（一九三二年十二月）
50頁3　彼女は不似合な
　　彼女は私に不似合な

50頁9　庭園　花園
『文学』四冊（一九三二年十二月）
50頁1　眠つてゐる　睡眠期1
50頁2
茂みの中を駈け降りる時焔となる。
茂みの中でさわぐ時火のやうに燃える。
50頁3　金の環をもつてくる。
金の環をもつてゐる。
50頁5
人は植物らがさうであるやうにそれを全身で把握し
人はそれらを全身で把握し
51頁1
朽ちてゆく生命たちが真紅に凹地を埋める。
朽ちてゆく生命たけが真紅に凹地を充してゐる。
『合集　詩抄Ｉ』（一九三三年三月）
50頁2
茂みの中を駈け降りる時焔となる。
茂みの中でさわぐ時火のやうにもえる。

50頁3　金の環をもつてくる。
金の環をもつてゐる。
50頁5
人は植物らがさうであるやうにそれを全身で把握し
人はそれらを全身で把握し
51頁1
朽ちてゆく生命たちが真紅に凹地を埋める
朽ちてゆく生命だけが真紅に凹地を充してゐる

The mad house
『文芸汎論』二巻十号（一九三二年十月）
52頁1　The mad house　The Madhouse
52頁2－53頁4
自転車がまはる。／…私は生きてゐると思つた。
自転車が走つてゐる／爽かな野道を／護謨輪の内側は地球を廻転させる／まもなく彼はバクダアドに到着する／そこは非常に賑つてゐる／赤衛軍の兵士

等　縮毛の芸術家　皮膚の青いリヤザンの女、キヤバレの螺線階段　ピアノはブリキのやうな音をだす／足型だけの土塊の上に立つてゐる人々は尖つた水晶体だ／踏みはずすと死ぬだらう／太陽の無限の伝播作用　病原地では植物が渇き　荒廃した街路を雲がかけてゐる／彼にとつて過去は単なる木々の配列にすぎぬやうにまた灰のやうに冷たい／入口の鵞鳥の羽　さかしまな影／［一行アキ］／私は生きてゐる　私は生きてゐる

『文学』四冊（一九三二年十二月）

52頁1　The mad house　睡眠期5

雲のかたち

『マダム・ブランシュ』三号（一九三二年十一月）

54頁2　銀色の波のアアチをおしあけ

高い波の銀色の門をおしあけて

『文学』四冊（一九三二年十二月）

異同ナシ。

『合集　詩抄Ⅰ』（一九三三年三月）

54頁6―7　窓のそばで／集められそして

窓のそばで集められ／そして

風

『海盤車』一巻三号（一九三二年六月）

56頁2　こはれた蓄音機　古びた蓄音機

56頁5―7　道は白く乾き…流れる方へ。

道は白く乾き、彼らは疲れた足をひきづる。／枸櫞色の髪の毛が流れる方へ／燕尾服をきて、森が後からついてゆく。／ステツキが動く。閃くナイフ。

『文学』四冊（一九三二年十二月）

異同ナシ。

雪の日

『文芸汎論』二巻十二号（一九三二年十二月）

異同ナシ。

鐘のなる日

『海盤車』一巻六号（一九三二年十二月）

異同ナシ。

『マダム・ブランシュ』四号（一九三三年一月）

58頁1　鐘のなる日　　冬の詩

58頁6　かねの音が　　鐘の音が

憑かれた街

『椎の木』二年一冊（一九三三年一月）

異同ナシ。

『詩法』一号（一九三四年八月）

59頁2－60頁7

思ひ出の…もつれながら。

過去の壮大な建物を／あらゆる他の滅びたもののうへに／喚び起し　待ちもうけ　希望するために／我々の想念をむなしくきづいてゐる美は／時の限界の中で／彼らの悲しみはけつして／語られることはないだらう／併し地上の花の咲いたリノリユムは／羊の一群が野原や木のふちを貪つて／のつそりと前進しながら／路上に押しあげられ踉き／彼らはその運動を続けてゐる／

冬時にすべてのものは／魂の投影にすぎない／魂の抱擁／湿つた毛糸のやうにもつれながら

波

『椎の木』二年一冊（一九三三年一月）

異同ナシ。

雲のやうに

『椎の木』二年一冊（一九三三年一月）

異同ナシ。

『行動』一巻三号（一九三三年十二月）

63頁3－4

葉裏をはひ／たえず繁殖してゐる。

葉裏をはひ　たへず繁殖してゐる

63頁6

それは青い霧がふつてゐるやうに思はれる。

それは青い霧である。

63頁9－10

婦人らはいつもただれた目付で／未熟な実を拾つてゆく。

婦人達はただれた目付きで／未熟な実

を拾つてゐる
64頁3―4　そして私は見る、／果樹園がまん中から裂けてしまふのを。
それから私は見る／果樹園がまんなかから裂けてしまふのを

毎年土をかぶらせてね
『今日の文学』三巻一号(一九三三年一月)
65頁1　毎年土をかぶらせてね　冬の詩

目覚めるために
『マダム・ブランシュ』五号(一九三三年二月)
異同ナシ。

花咲ける大空に
『マダム・ブランシュ』六号(一九三三年四月)
異同ナシ。
『詩法』一号(一九三四年八月)
68頁4　それ等をいれよう。
それらを入れよう

雪の門
68頁6　ばら色の小鳥が　バラ色の小鳥が
『行動』一巻三号(一九三三年十二月)
69頁3　あをざめて。　青ざめて
69頁6　年とつた雪の一群であつた。
としとつた雪のひとかたまりであつた

単純なる風景
『椎の木』二年五冊(一九三三年五月)
異同ナシ。
『詩法』一号(一九三四年八月)
70頁1　単純なる風景　POEM
70頁2―3　酔ひどれびとのやうに／揺れ動く雲の建物。
〔ナシ〕
71頁2　或ものは　或は
72頁2　恰も詩人が　詩人が

春
『椎の木』二年五冊(一九三三年五月)
異同ナシ。
『マダム・ブランシュ』七号(一九三三年六月)
異同ナシ。

『詩法』一号(一九三四年八月)
73頁3　紫の煙は　春の煙は
73頁5　まもなくここへ来るだらう。
　　　まもなく来るだらう

舞踏場

『貝殻』二年二号(一九三三年五月)
異同ナシ。

暗い夏

『作家』一号(一九三三年七月)
異同ナシ。

星宿

『椎の木』二年八冊(一九三三年八月)
80頁9　合弁花冠となつて開いた
　　　合弁花冠となつて開く
81頁1　今ではそれらは　今ではそれは
『女人詩』十一号(一九三三年八月)
異同ナシ。
『詩法』一号(一九三四年八月)
80頁5　軟い壁のうへを　軟い壁に沿つて
80頁6　夜の暗い空気　暗い空気
80頁7　死の境で踊つてゐた時のやうに
　　　死の境の一本の地平線のやうに
80頁8　影なのだ　影である
80頁9　その草の下で…開いた
　　　その草の下の私らの指は合弁花冠となつて開く
81頁1　今ではそれらは　今ではそれは

むかしの花

『椎の木』二年九冊(一九三三年九月)
異同ナシ。

他の一つのもの

『椎の木』二年八冊(一九三三年八月)
83頁2　アスパラガス　アスバラカス
83頁5—7
青い血が窓を流れる/その向ふ側で/ゼンマイのほぐれる音がする
青い血が窓を流れた/その向ふ側から/私は夏が進行して来るのを見てゐる
『行動』一巻三号(一九三三年十二月)
83頁3　飛びこむ　飛び込む

83頁5―7　窓を流れる　窓を流れた
83頁7　ゼンマイのほぐれる音がする
　ゼンマイをまく音がする

背部

『海盤車』二巻十一号（通巻十一号）（一九三三年十月）
84頁7　泥土のやうに跪き
　泥土のやうに跽き

葡萄の汚点

『椎の木』二年十一冊（一九三三年十一月）
　異同ナシ。

雪線

『文芸汎論』三巻十二号（一九三三年十二月）
　異同ナシ。

プロムナアド

『闘鶏』三号（一九三四年二月）
　異同ナシ。

会話

『マダム・ブランシュ』十四号（一九三四年三月）
　異同ナシ。

『苑』二冊（一九三四年四月）
90頁2　なつてゐた　なつてゐる
90頁2　あげられるだらう。
　あげられるのだらう。
90頁3　這ひ出して来る　這ひだして来る
90頁4　ほこりだらけな指で
　ほこりだらけの指で
90頁6　夢は夢見る者にだけ
　夢は夢を見る者にだけ
90頁8　大きな歓喜の　大いなる歓喜の
90頁9　歩調のながれ。　歩調の流れ。
90頁10　喪失せる限りない色彩が
　喪失せる華麗な不在者が
91頁3―4
　幾度も目覚めるものに…この天の饗宴を
　幾度も目覚める者に関声をつくりその
　音が私を生み、その光が私を射る。／
　この天の饗宴を

遅いあつまり

『貝殻』三年一号（一九三四年三月）

未見。

『苑』二冊（一九三四年四月）

92頁3　無いやうに　ないやうに

92頁3　ダイヤモンドの花びら
　ダイヤモンドの花弁

天に昇る

『カイエ（LE CAHIER）』六号（一九三四年三月）

異同ナシ。

『ごろつちよ』一輯（一九三四年六月）

94頁1―2
また彼らの眼の中の月光は／全く役にたたない代物だ
　また彼らの眼の中の月光は全く役にたたない代物だ

メーフラワー

『カイエ』七号（一九三四年五月）

異同ナシ。

『小劇場』三年七冊（一九三四年六月）

95頁3　動き出す　動きだす

暗い歌

『日本詩壇』二巻五号（一九三四年七月）

96頁1　暗い歌　暗い唄

96頁2　咲き揃つた新しいカアペット
　咲き揃つたカアペット

96頁3　トロッコを押して行く
　トロツコを押してゆく。

96頁7　ふれる処は　ふれるところは

果実の午後

『椎の木』三年六冊（一九三四年六月）

97頁3　象牙の鍵《キイ》　象牙の key

『日本詩壇』二巻五号（一九三四年七月）

97頁1　果実の午後
　おなじく（前掲「暗い歌」につづけて「おなじく」として発表）

97頁3　象牙の鍵《キイ》　象牙のキイ

97頁6　ころがつてゐる　ころがつてゆく

花

『カイエ』八号（一九三四年七月）

「1」「2」「3」のうち底本は「1」のみ掲

載。全文は本書「補遺」に収めた。

午後

底本の他は未見。

海泡石

『椎の木』三年九冊(一九三四年九月)

異同ナシ。

夏のをはり

『女人詩』四年十四冊(一九三四年八月)

異同ナシ。

『レスプリ・ヌウボオ』一冊(一九三四年十一月)

異同ナシ。

『モダン日本』五巻十一号(一九三四年十一月)

表題「季節」。本書一一五頁「季節」参照。

102頁2　八月　九月

102頁3　焦げた　焦げただれた

Finale

『椎の木』三年十冊(一九三四年十月)

102頁3―4　つきあたつて/いつまでも

つきあたつて　いつまでも

素朴な月夜

『椎の木』三年十一冊(一九三四年十一月)

異同ナシ。

前奏曲

『カイエ』九号(一九三四年十一月)

107頁1　チヨコレエト　チヨコレエイト

107頁3　旋回　旋廻

107頁5　跫音　足音

108頁7　捕へてみたい　捕ふてみたい

109頁13―110頁1　(一行アキ)　(一行アキなし)

111頁9　組立てることばかり考へる

組立てることばかりを考へる

112頁2　潑剌と　潑溂と

112頁10　一本の樹に化して

一本の樹に比して

113頁5　山の恰好　山の格好

季節

『モダン日本』五巻十一号(一九三四年十一月)

115頁4―5　(一行アキ)　(一行アキなし)

115頁5―6　(一行アキ)　(一行アキなし)

115頁7　たべて行く　たべてゆく
115頁7―116頁1　〔一行アキ〕
〔一行アキなし〕
116頁2　すべてこの心の一日が
すべての人の一日が

言葉

『椎の木』三年十二冊（一九三四年十二月）
異同ナシ。

落魄

『海盤車』三巻十六号（通巻十六号）（一九三四年十二月）
異同ナシ。

三原色の作文

『海盤車』四巻十七号（通巻十七号）（一九三五年二月）
121頁7　駈けつける　駆けつける

海の花嫁

『セルパン』五十二号（一九三五年六月）
122頁7　昼のうしろに　昼のうしろへ

太陽の唄

『るねっさんす』二号（一九三五年三月）
124頁7―8　〔一行アキなし〕　〔一行アキ〕
『詩法』十二号（一九三五年八月）
124頁1　太陽の唄　太陽の娘
124頁4　闇に跽く　闇にひざまづく
124頁8　併し古い楽器は　古い楽器は
125頁2―5
そしてヴエルは／…輝くのだらう
ヴエルは／破れた空中の音楽をかくす／声のない季節は／どちらの岸で／青春と光栄に輝くのか

山脈

『短歌研究』四巻八号（一九三五年八月）
異同ナシ。

海の天使

『短歌研究』四巻八号（一九三五年八月）
異同ナシ。
『詩法』十二号（一九三五年八月）
表題「海の捨子」。異同が多く、本書一三六頁に「海の捨子」として収録した。

夏のこゑ
『芸術科』三巻七号(一九三五年七月)
129頁1　夏のこゑ　山に話してゐる
129頁3　羅紗のマント　ラシヤのマント
129頁8　風の吹く方を向いてゐる
風の吹く方を見てゐる。
130頁1　動きだしてきた　動き出してきた。
130頁3　騒ぎ合つて　騒ぎあつて
130頁4　蹲つて　うづくまつて
130頁5　噂　うわさ
130頁6　花粉のやうに水が流れるのだ
花粉のやうな水が流れるだらう。
『椎の木』五年三冊(一九三六年三月)
異同ナシ。
季節の夜
『椎の木』五年三冊(一九三六年三月)
異同ナシ。
The street fair
『椎の木』一年十冊(一九三二年十月)
132頁3　白く馬があへぎまはつてゐる如く
白く馬が這ひあえぎまはつてゐる如く。
132頁5　時を殺害するためにやつて来る
〔一字空白〕を殺害するためにやつて来る。
133頁9　かがやきや　かゞやきと
134頁1　退却し　退却して
134頁2　打ちのめされる　うちのめされる
『行動』一巻三号(一九三三年十二月)
132頁3　白く馬があへぎまはつてゐる如く
白い馬が喘ぎまはつてゐる如く
133頁4－6
疲れ果て絶望のやうに／…空虚な街
疲れはて絶望のやうに高い空を支へてゐる。／〔一行アキ〕／道もなく星もない／花も咲かない空虚な街。
133頁8　抜けだし　ぬけ出し
133頁9　かがやきや　輝きや
133頁10　奪ひ去り　うばひ去り
134頁1　退却し　退却して

『目[AUGEN]』二号(一九三六年十二月)
132頁2　鋪道　舗道
133頁4　疲れ果て　疲れ果てた

1.2.3.4.5
『目[AUGEN]』二号(一九三六年十二月)
異同ナシ。

解説

川崎賢子

左川ちか（一九一一―三六）は一九一一年二月十四日、北海道余市町に、母・川崎チヨの長女として生まれている。本名川崎愛。父を知らず、異父兄に昇、異父妹にキクがいた。ちかは幼時の肺炎の予後が悪く、四歳ころまで自由な歩行も困難であったと伝えられる。その後、きょうだいからはなれて本別町の親類にひきとられて数年を過ごし、ふたたび余市に戻り、北海道庁立小樽高等女学校（現・北海道小樽桜陽高等学校）に進学、一九二八年に教員の資格をとり卒業し、兄・昇をたより、上京した。川崎昇は文学青年であり、伊藤整が心を許した友でもあり、ちかは女学生時代から伊藤整と交友関係があった。上京後は百田宗治の知遇を得、翻訳、詩作、編集の仕事を通じて、北園克衛、春山行夫ら当代のモダニズム詩人たちにひろくうけいれられた。詩人江間章子を知己とした。一九三五年十月、癌と診断され、翌三六年一月七日、世田谷の自宅で息をひきとった。

生前親交のあった詩人たちに加え、萩原朔太郎、西脇順三郎、村野四郎らが追悼の言葉を残している。昭和十一(一九三六)年版『文芸年鑑』では、春山行夫が「一九三五年の詩壇」の動向を左川ちかの早すぎる死を惜しむ一文で擱筆した。

左川ちかは、生前には一冊の翻訳詩集をもったきりであった。ジェイムズ・ジョイス、*Chamber Music*(一九〇七年)の訳詩集『室楽』(椎の木社、一九三二年)である。準備を進めていた個人詩集は、早すぎる死には間に合わず、遺稿詩集『左川ちか詩集』(昭森社、一九三六年)として上梓された。

左川千賀の筆名で始めた翻訳は、詩人左川ちかにとっての文学修業、習作の営みともなった。モルナール・フェレンツ、オルダス・ハクスリー、シャーウッド・アンダーソン、アーネスト・ジョーンズ、ヴァージニア・ウルフ、そしてジェイムズ・ジョイスらの翻訳については、伊藤整が作品の選択に示唆を与え、訳文を監修したとも推定されている。彼女はその相談のために伊藤宅に時には泊まりがけで滞在し、伊藤整の結婚後もいりびたっていたのだという。やがて、二十一世紀の世界文学の水準においても尖端的といわれるようなミナ・ロイ、ジョン・チーヴァーの翻訳を、徐々に伊藤整の指導から自立して、手がけるようになる。

詩作に翻訳が先だったことは、語学の天稟《てんぴん》に恵まれていたという以上に、そのひとがあらかじめ失われた詩人であったしるしである。彼女を育んだ風土は、温暖な内地の農耕文化の外、歳時記の文化の外、北辺にあった。父のいない不安定な家庭に生まれ、父の異なる兄妹を持ち、文化伝統に空白の多い北海道という国内の植民地ともいえる周縁の地に育ち、伝統的詩型に親しむための文化資本をあらかじめ奪われていた。彼女がそれでも言葉による表現者となろうとした時、翻訳は、残された最後の可能性だった。翻訳による「外」の言語との遭遇、格闘は、あたえられることのなかった知的伝統に代わる位置を占めた。それは遅れから尖端へと転位した。

左川は翻訳詩集『室楽』の訳者附記に「原詩の韻を放棄し、比較的正しい散文調たらしめるにつとめた」と宣言している。ジョイスの詩の翻訳にあたって、日本の詩的伝統を参照し受け皿にすることをもやめたのである。それが、「韻を放棄」するという宣言の内実である。「すでに原詩固有のリズムは消えているので、むしろ散文詩にするのが正解」（藤井貞和「水田宗子評論集『モダニズムと〈戦後女性詩〉の展開』刊行記念シンポジウム」パネルディスカッションでの発言、『Rim』Vol. 14 No. 1、二〇一三年三月）という説を立てつつ、藤井もその試みは「衝撃的」であると言い添えている。この異例の選択によって、翻訳は左川ちかを詩人に、それも、散文詩人へと、鍛えた。翻訳に鍛えられ、翻訳から詩想を得て創作におもむいた詩人の魂は、日本語の韻律、定型、修辞、比喩、常套を自明のものとは考えなくなっていた。

翻訳家として出発した左川の詩は、現在、英語、スペイン語、ガリシア語からイスラム圏にまで翻訳され、その大胆な詩的イメージ、斬新な比喩を評価され、海外にも読者を広げている。

翻訳家は「外」の言語を潜り抜けながら、母語をも徹底的に相対化する。そこにあらたな「私」が誕生する。

たとえば富岡多恵子が「詩人の誕生」と見定めた詩篇「緑」の最後の一行である。

「私は人に捨てられた」。

富岡は次のように述べた。

近代詩以降の日本の詩は、男の詩の歴史である。女の詩人もいることはいたが、

「男を捨て」「男に捨てられた」体験はあっても、「人を捨て」「人に捨てられた」認識がほとんどなかった。（「詩人の誕生――左川ちか」『文學界』一九七八年八月）

ここで、翻訳家でもある詩人・左川ちかの脳裏に去来したであろう「人」の概念と複数の言語を思い浮かべてみる。「男」も「人」も「man」の一語で表す異国の言葉との格闘を通じて、そのひとが詩人になったことを考えてみる。「男を捨て」「男に捨てられた」体験に出発して「人を捨て」「人に捨てられた」認識の強度にいたらしめた、それを可能にしたのは翻訳という経験ではなかったか。――「緑」を英訳した中保佐和子は最後の一行を、ただ「I was abandoned」と訳しており、捨てた動作主を「人」とも「男」とも示さずに空位のままに終えていて、それによって「I」をいやがうえにも屹立させている。複数の言語体系、母語とは異なる言語、さらには言語の外部との往還を通じて、「人」という言葉が選び取られ、捨てられた「私」が強く立ちあがる。これは作中主体の実体化というのとは違う。虚であるがゆえの強度である。

左川ちかの詩には、天地がくつがえるような絶望、突き落とされ蹂躙《じゅうりん》され捨てられた「私」がしばしば登場する。だがそこに自己憐憫《れんびん》はない。裂開される痛みとともに編み変えられる世界と「私」との関係があり、絶望の先に逆転や転位があり、言葉がある。

たとえば「記憶の海」と題する詩篇の狂女に救いはない。惑乱しあてどなく漂う。「白い言葉」は、言葉にならない言葉、文字の黒さを持たない言葉であろう。その意味するところは誰にも届かない。「破れた手風琴」は、音を出さない楽器、声にならない声、声にならない言葉の暗喩だろうか。「白い馬と、黒い馬」が荒々しく駈けわたるのは「手風琴」の上だけではない。隣接する「狂女」もまた換喩的に蹂躙される。凶暴である。性的な喩《たとえ》と読むことができる。その反面、狂女の肉体、文字にならない言葉、声にならない言葉の上に現出する「白い馬と、黒い馬」は、白紙と文字、新たな言葉の到来の暗示とも読める。

海の捨子

揺籃はごんごん音を立ててゐる　真白いしぶきがまひあがり　霧のやうに向ふへ
引いてゆく　私は胸の羽毛を掻きむしり　その上を漂ふ　眠れるものからの帰り

をまつ遠くの音楽をきく　明るい陸は扇を開いたやうだ　私は叫ばうとし　訴へようとし　波はあとから　消してしまふ

私は海に捨てられた

「揺籃はごんごん音を立ててゐる」と始まる詩篇の「私」は「揺籃」の中にいるのだろうか。「揺籃」は轟音とともに、やすらぎの寝床ではなく、恐怖の温床となっている。「私」の叫び、訴えは、あとからあとから波にかき消されてしまい、その声は誰にも届かない。「捨子」である。だが、「私」は、「叫ばうとし　訴へようと」するその情動をあきらめてはいない。

左川ちかの詩を、『雪明りの路』(一九二六年)の抒情詩人・伊藤整と比較する読み方は小松瑛子「黒い天鵞絨の天使(左川ちか小伝)」(『北方文芸』一九七二年十一月号)以来、曾根博義の伊藤整研究を経て、現在に引き継がれている。

伊藤整が、求めつづけ、ついには詩を離れなければならなかったものの中から、左川ちかは生まれた。（小松瑛子「黒い天鵞絨の天使」）

富岡多恵子は、左川ちかが伊藤整の詩「海の捨子」を意識しつつ「海の捨子」を書いたと考察した。伊藤整の「海の捨児」は、『雪明りの路』の翌年に書かれたと推定され、彼が自身の文学碑文に選んだ詩でもある。「私は浪の音を守唄にして眠る。」と始まり、棄郷の先におとずれる幸いを「浪の守唄にうつらうつらと漂つた果て／私はいつか異国の若い母親に拾ひ上げられるだらう。」とおもいえがいた詩である。

「海の捨子」はあきらかに「海の捨児」を思い浮べて書かれている。これは「人に捨てられた」人間が、「人を捨てる」行為ではなかったか。いや、それよりも、ひとりの詩人が、先に歩いていると見えた詩人を捨てたのではなかったろうか。

（富岡多恵子「詩人の誕生——左川ちか」）

伊藤整は左川ちかの兄の親友であり、文学上の師であり、ちかが恋心を寄せた相手でもあった。

「私は海に捨てられた」という左川ちか「海の捨子」の絶唱は、伊藤整「海の捨児」を踏み越えようとしている。鋭敏な批評家であった伊藤が関係の逆転に脅威を抱くことがあったとしても不思議ではない。それはジェンダーの枠組みのなかで行われていた教える／教えられる関係の逆転でもあるから、男性性／女性性の非対称の力関係の揺らぎは、指導的な位置にあったはずの伊藤整に、より響いただろう。イリナ・ホルカは、二人の関係を半井桃水と樋口一葉の師弟関係になぞらえている(Irina Holca *Sawako Nakayasu Eats Sagawa Chika: Translation, Poetry, and (Post) Modernism* JAPANESE STUDIES 2021 Vol. 41, No. 3)。一葉もまた、師が女弟子に期待したスタイルをくつがえし、困難な道を開いたのだった。しかもモダン・ガールの世代の左川ちかには、さらなる起爆力があった。

極度の病弱、短すぎる人生、失恋――夭折した天才女性詩人という左川ちかの神話はもっぱら、彼女の実生活からやってくる。だが、左川ちかの詩は、それらの実生活の逸話とほとんど逆接に結びついている。病弱な若い娘であるにもかかわらず表現に衰弱の跡はなく、振れ幅の大きい、躍動感あふれる詩を書いたこと。若い娘に時代が課したジェンダー(性別役割)を越え、それを再編するような「私」と世界の関係を描いたこと。夭折《ようせつ》したにもかかわらず成熟し完成度の高い詩を書いたこと。失恋の痛手にもかかわらず、未練の相聞ではなく、相手の男性を凌駕する力作を書いたこと。そんなふうに彼女の詩表現そのものは生の苦しみと逆立する。誰かの娘や妹、恋人として、あるいは誰かの教え子としてのみ関心を持たれ、家父長や師との関係のうちに囲いこまれてよい詩人ではない。

孤立した天才詩人という神話から自由になるためには、彼女を迎えいれた日本のモダニズム詩の領域を狭義にとらえないことだ。モダニズム詩は、言葉をテクストの上で踊る記号に変える遊戯にうつつを抜かしていたわけではない。日本のモダニズムは、遅れてきた帝国の輸入文化というだけにとどまらない。モダニズムとは、近代化に鋭く反応するアンテナと、にもかかわらず、近代のシステムであるところの大量生産・大量宣伝・大量消費・大量廃棄のシステムと齟齬《そご》をきたす「私」、速度の魅力とそのストレス、海外への憧憬と帝国／植民地の闇への怖れなど、矛盾と疎外、そしてトラウマと批評性から成り立っている。モダニズムの領分は、一般に考えられているよりは、広くて深い。そして現代に連なっている。左川ちかはそのことを教えてくれる。

一九三〇年代のモダニズム詩のメディアで活躍し、同時代の詩人、読者に読まれただけではなく、読み継がれ、名もなき読者の胸にも言葉を刻んだ左川ちか、彼女の孤立をことさら強調する必要はない。あるいは、北園克衛の左川ちか評価は、その孤立の質をより繊細に吟味せよと読者に迫る。

当時彼女はまだ自分の書く詩が、他の詩人たちが書く詩とあまりにかけ離れているので、戸迷いしているという状態だつた。凡庸でない詩人が最初に経験するこの不当な不安というのが、いかに無慈悲なものであるか(「左川ちかのこと」『黄いろい楕円』宝文館、一九五三年)

日本のモダニズム詩は、実験的な表現の強度を戦時下に放棄し、動員され国策に手もなく協力したという、たとえば吉本隆明『芸術的抵抗と挫折』(未来社、一九五九年)のような非難にさらされて、ながく萎縮気味であった。動員される以前に、左川ちかは沈黙を余儀なくされた。それどころか吉岡実のように召集令状の圧力のもとで死を意識すればこそ『昏睡季節』『液体』をまとめえた詩人がいて、吉岡実の詩のなかに、左川ちかの詩は生きている。「北園克衛とピカソ、それから左川ちかの詩にふれて、造型的なものへ転移していった」(吉岡実「読書遍歴」『週刊読書人』一九六八年四月八日)と回想されている。黒田三郎も旧制高等学校時代に『左川ちか詩集』を取り寄せ、愛読したという(黒田三郎「森谷さんの思い出」『詩学』一九六九年五月)。木原孝一も愛読者の一人で、白石かずこに左川ちかの詩を紹介している(白石かずこ「詩学研究会に始めていった頃」『詩学』一九八三年十一月)。一九三〇年前後の日本モダニズム詩を、戦争をはさんで一九五〇年代六〇年代へと繫ぐ、連続と断絶のミッシングリンクの位置に、左川ちかの詩表現がある。左川ちかの詩が、現代詩の起源と呼ばれるのはそのためでもある。

ありきたりのモダニズム詩ではない。それはとりわけ、記号としてではなく、不気味なものとして露呈する身体や生命の表象についていえる。たとえば「神秘」という詩篇だ。無意識の欲望がほとばしり出るように、「カアテンを引くと濃い液体が水のやうにほとばしりでる。／あ、また男らは眩暈する」という詩行。体験ではなく無意識に切り込む直観が、詩にエロティシズムをもたらしている。エロティシズムは死と背中合わせである。それでいて「ゴルフリンクでは黄金のデリシアスがころがる」と始まる詩にモダンな浮力があり、速度があり、回転がある。詩人が生きた時代には誰もが縛られていただろう異性愛の重さと停滞、束縛を逸脱するしのび笑いが洩れる。男たちの「眩暈」への言及は、不敵ですらある。

転々とする人称は、左川ちかの詩の特徴のひとつである。「彼ら」と「人々」と「私ら」と「男ら」との、二項対立の対称軸を失った関係の構造は混沌としている。二人称で男性が呼ばれることはほとんどない。そして一人称の女性として主体を構築しようという試みの外に、不意打ちのように、身体、生命のイメージが噴きあがる。性差を混乱させる、曖昧で不定形な物質性である。

一貫して日本近代の女性詩を読みすすめ、左川ちか評価に力を尽くした新井豊美が、「昭和初期に始まった詩のモダニズム運動は、女性たちの詩を解放し、表現の幅を広げる機会を与えた」「左川ちかの詩はまさにそのモダニズム詩の運動の中から花咲いた」(「モダニズム詩と左川ちか」『江古田文学』六三号、二〇〇六年)と書き残した意味は重い。友谷静栄、山中富美子、江間章子……杳《よう》としてあとを絶った詩人もあるものの、詩作に自由を求めたモダニズムの女性詩人は少なくなかった。その時代の女性詩人のなかのひとりが、左川ちかである。ジェンダーの視座からモダニズム運動の領域をひらき、読もうとするとき、左川ちかは大いなる可能性である。水田宗子は「これまでの文化が作り上げて居場所を与えてきた女ではない、社会的に何者でもない一人の女が、自らの前に立ちふさがり、自らの存在を支配する力に、何も身に付けぬ無防備な個体として対峙」(「終わりへの感性：左川ちかの詩」『現代詩手帖』二〇〇八年九月)するのを読み取った。

「私は人に捨てられた」で終わる「緑」の詩篇は、「朝のバルコン」といういかにもモダンな景物にはじまる。そこに「緑」が、おしよせ、あふれ、溺れそうになる。「緑」という色は左川ちかの詩において特別な色合いをもっていて、それはたしかに自然の、植物の色味であるにはちがいないものの、生命力は過剰であり、攻撃的ですらあり、「私」は「緑」の世界に親和することができない。都市空間や、近代建築物によっても支配し統御できない裂け目があって、バルコンに「緑」がおしよせる。バルコンを追われていつのまにか「山のみち」に立つが、そこは都市空間から隔離された「山のみち」なのかどうか、定かではない。「山のみち」なのに溺れそうな恐怖を与えるという、天地が水陸が文字通りひっくり返った空間なのかもしれない。「息がつまつて(略)まへのめりになる」「私」と、それを「支へる」「私」とに分裂して、作中の主体の歩みは乱れる。

「視力のなかの街」という表現は、街という外界だけではなく、「視力」をも、「私」から客体化され、外化された力として、突き放すものである。「夢がまはるやうに」ということで、ここに万華鏡のようなヴィジョンを読み取る説もある。が、「視力のなか(略)開いたり閉ぢたりする」という箇所には、ドイツ表現主義映画『カリガリ博士』が多用したアイリス・ショットを想わせるところがある。アイリス・ショットでは、カメラにつけた絞りによって、瞬きをするように画面が閉じたり開いたりする。四角いスクリーンの上で丸く画面が絞られてゆき、暗転するとそのなかに次の画面が丸く登場してスクリーン全体に広がる。『カリガリ博士』では、語り手の不安に即応する手法だった。開いたり閉じたりする街をめぐっておそいかかる「彼ら」とは、「緑」の生命力だろうか？　「彼ら」という三人称、対象化によって、「緑」の他者性、外部性はきわだたされる。

そしてここに最後の一行が到来する。

「私は人に捨てられた」。

これに先立つすべてのイメージの氾濫と対峙する、捨てられた「私」。なにものにもかえがたく、孤絶し、それでいて個を超える「私」、いわば強度としての「私」である。「私」と「人」について語りながら、「私」は脱人間中心主義的な位相に到達している。捨てられた「私」と、「私」を捨てた「人」との間に、深淵が広がっている。「私」はすでに「人」ではない。捨てられた「私」が絶望と不信の淵から、人間とはなにか、なにほどのものかと問い返している。その問いの痛みが、いまなによりも新鮮である。

左川ちかの詩のイメージ展開の速度は、「私」の変容の速度である。詩人の手にかかると動詞による描出はなんと運動の振れ幅が大きくて破壊的で前のめりで、崩壊と氾濫を引き起こすのだろう。「感覚が生命の先端に届くところで、独特の不安なイメージが現れてくる」(『近代女性詩を読む』思潮社、二〇〇〇年)と新井豊美は読んだ。

左川は絵を描くように詩を書いた、キュビズムのように、見える対象を解体し再構築している、と指摘したのは中保佐和子である。「私たちは一個のりんごを画く時、丸くて赤いといふ観念を此の物質に与へてしまつてはいけないと思ふ(略)誰かが丸くて赤いと云つたとしてもそれはほんのわづかな側面の反射であつて、その裏側が腐つて青ぶくれてゐる時もあるし、切断面はぢぐざぐとしてゐるかも知れない。りんごといふもののもつ包含性といふものをあらゆる視点から角度を違えて眺められるべきであらう。」(「魚の眼であつたならば」)といふ散文には、形象に動的過程を託した詩人の自覚、方法論が端的に記されている。

　サルヴァドール・ダリに、ルイス・ブニュエルに、左川をなぞらえたルッケル瀬本阿矢『シュルレアリスムの受容と変容』(文理閣、二〇二一年)もある。「料理人が青空を握る。四本の指跡がついて、／――次第に鶏が血をながす。ここでも太陽はつぶれてゐる。」(「死の髯」)、「夕暮が遠くで太陽の舌を切る。」(「黒い空気」)とくりひろげられる惨劇に、新井豊美もダリの「内乱の予感」に通じるものを読んだ。影響関係というよりは想像力の世界的同時性である。左川ちかがジョイス『室楽』を訳載し、「青い馬」「出発」「黒い空気」「錆びたナイフ」「緑の焔」など重要な創作の掲載誌ともなった『詩と詩論』について、春山行夫の「世界的同時性《シンクロニズム》と世界的自己同一《アイデンティティー》性の信念と幻想に支えられた」(『私の文学渉猟』夏葉社、二〇二一年)という曾根博義の指摘をあわせて想起してもよい。「緑」についていえば、氾濫とその後に来るものの表象を浴びるように向かい合いつつ、ワシリー・カンディンスキーの表現主義絵画を対置したくなる。

　最初期の詩篇「昆虫」には、超越的な速度の表象がある。

昆虫が電流のやうな速度で繁殖した。
地殼の腫物をなめつくした。

「殼」をもつ「私」。「殼」を持つ地球。「私」と「殼」の関係は変奏される。

死は私の殼を脱ぐ。（「死の髯」）

死が徐ろに私の指にすがりつく。夜の殼を一枚づつとつてゐる。（「幻の家」）

身体の概念には、精神と身体の二元論を統一して充実する「み（身・実）」の側面と、「から（空・殼）」を内包する「からだ」としての側面がふたつながらあるのだと教えた、市川浩の身体論をここで想い出す。左川ちかは「から（空・殼）」を内包する「からだ」としての「私」を形象化している。そのグロテスクは、モダニズムの尖端をゆく。サイボーグのようでもある。超越的な速度は、昆虫の身体と「電流」という技術の力との接続によって可能になる。

詩集のなかでは身体の他の部位もばらばらに乾されることになる。「人々は重さうに心臓を乾してゐる。」(「葡萄の汚点」)。「心臓」といふ身体器官が「殻」にも似た扱いを受けている。器官の外化と変容である。

「電流のやうな速度」を「繁殖」に結びつけるモダニズムの速度、昆虫の「繁殖」を「地殻の腫物をなめつく」すことと並置する生態系の表象の新しさ、その二行には、誰も追いつけない。既成の美観が生物に与えた価値や、自然科学(進化論)が定めた生態系の秩序やヒエラルキーを、左川ちかの詩が組み換えてしまったからだ。「繁殖」を電流の速度になぞらえる比喩の力は、繁殖の分担機能をオス／メス性に分節化するジェンダーののろさを置き去りにする。その繁殖力、氾濫する生命力のただなかで、男性であるか女性であるかは問われない。左川ちかの詩の世界で、「女のよう」であることは、生殖を中心にして比喩的に構築された欲望の諸関係からいったん切断され、再定義されている。「美麗な衣裳を裏返して、都会の夜は女のやうに眠つた」(「昆虫」)という一行も、都市群衆の不定な意識を「裏返し」たところに生まれた比喩である。

総ての影が樹の上から降りて来て私をとりまく。林や窓硝子は女のやうに青ざめる。(「黒い空気」)

青白い夕ぐれが窓をよぢのぼる。

ランプが女の首のやうに空から吊り下がる。(「錆びたナイフ」)

一群の女たち、一群の男たち。非対称な男性性/女性性の境界線をいくたびも引きなおしながら、そのつど世界をあらたに染めなおしてゆく。「女の首」の喚起力は「ランプ」を押しのけて前景化する。擬人化の自在さは、人間中心主義からの逸脱のしるしであり、世界は人になぞらえられているのではなく、動物化されているのだ。しかも動物をも圧倒するほどに植物は、生命力にあふれている。自立し、自律している。植物が動物化している。植物の生命が人間を圧迫する。進化論が説いた生存競争の認識は左川の詩にもある。生物は葛藤し、闘争している。だがそれ以上に重要なのは、そこでは、生命の進化の階梯《かいてい》、高等/下等、食べるもの/食べられるもの、植物/動物/最も進化した人間——といったヒエラルキーがくつがえされ、混淆《こんこう》状態に置かれていることだ。

森林地帯は濃い水液が溢れてかきまぜることが出来ない(「緑の焰」)

「水液」は植物のものか昆虫を含めた動物のものか、分離することができない。人の手でかきまぜることができないのは、すでに人の手を超える力によって撹拌《かくはん》され、混淆されているからだ。これを生命のイメージと呼んでいいのなら、病と死に魅入られ、生命の氾濫に苛立《いらだ》ち、植物に昆虫に生気を奪われ、おびやかされてはいるものの、左川ちかの世界が生のさなかにあることは否定しようがない。苦痛にみちているにしても、「地上のあらゆるものは生命の影」(「星宿」)であるともいう。

もとよりそれは苦い認識で、両義的である。「The Madhouse」と題した詩(『文芸汎論』一九三二年十月(初出誌))の最後の一行が「私は生きてゐる　私は生きてゐる」で結ばれる、その反復は、どこかしら空疎で、毒がある。生の実感はほとんど狂気である。ましてその後の異本「睡眠期」の最後が「私は生きてゐる。私は生きてゐると思つた。」と加筆されると、「と思つた」の加筆分だけ、生から隔てられ疎外は深刻になる(本書の表記も加筆後のものである)。

塚本邦雄は左川ちかの詩を「生きながら屍毒《プトマイン》に満ちた」(「詩人について」『詩学』一九五九年七月)ものと読んだ。エリス俊子は、「死」と裏合わせになっているエロティシズムは、「身体的な衰えが進行していたとしても、また渇望しつづけてきたものが永遠に手に入らないことが知り尽くされていたとしても」、彼女の詩的想像力の源になり、翳りを見せることはなかったと論じている(「左川ちかの声と身体――「女性詩」を超えて――」『比較文学研究』二〇二〇年十二月)。「地上のあらゆるものは生命の影」という言説と、死の予感、恐怖、不安は共存している。

鳥居万由実はいう。欲望の対象となり得ず、むしろ規範として拘束してくる女性性を、死に至らしめるところに左川ちかの詩の出発点があった、と。自然界に横溢する生殖力への恐怖、対幻想《ついげんそう》を描かない中性的な世界であり、女性性を強調した主体構築が避けられている(鳥居万由実『「人間ではないもの」とは誰か：戦争とモダニズムの詩学』青土社、二〇二三年)と指摘する。もうひとつ鳥居が着目したのは、昆虫のイメージ系列である。自らを保護する仮面であり、他者のまなざしをはねかえす鎧であり、つやつやとした鏡でもある殻をもつ、おそらくは甲虫たちの一連の形象。それに対して性的に未熟なもの未分化なものでありつつ両性具有を想わせる、芋虫、青虫など幼虫たちの一連の形象。過剰な生命力の象徴である緑を無邪気にむさぼり食べ、糧にして肥り、糸を分泌して蛹《さなぎ》をつくるという鳥居の読解は、昆虫が緑の生命をむさぼり、成長し、変態し外界をも変容させるという、そのダイナミズムを捉えてもいる。

果樹園を昆虫が緑色に貫き
葉裏をはひ
たえず繁殖してゐる。
鼻孔から吐きだす粘液、
それは青い霧がふつてゐるやうに思はれる。（「雲のやうに」）

昆虫が貪食し、粘液を吐きだし、羽化した後は、文字通り昆虫たちの抜け殻の世界であるには違いない。が、まったく脱力とはほど遠い。抜け殻の世界に陰画としての生命力が記されている。「果樹園がまん中から裂けてしまふ」「そこから雲のやうにもえてゐる地肌が現はれる」（「雲のやうに」）。引き裂かれた身体のような比喩の先に、新たな生命誕生の予兆がある。地母神《ちぼしん》イメージのモダンな変奏だろうか。

一方で、詩篇「神秘」が表象したような、カーテンを引くとほとばしりでる濃い液体のエロスは、女とも植物とも昆虫とも、名指されることさえなかった。それは何かの器官の変容体だろうか。分泌物だろうか。ジェンダーといっても動物化といっても、とらえることのできない事態が口を開けている。左川ちかの詩的な生態系では、人に先駆けて植物が繁茂し、昆虫が生殖し、そのあとさきに、名前のない、形をなさない液体が噴き出している。ふいに、ほとばしりでる、「男ら」を眩暈させる液体、イメージの原形質のようなもの。「男ら」に対して、名指されることのない非対称性であり、主体として構築されずにあふれでるなにものか。そのとき、ジェンダーを越え、生きものの種差を越える地平がつかのま開示される。そこでは、生と死、女性性と男性性、人間を頂点にあるいは中心に置く階層秩序の境界が、横断され、切り裂かれる。詩の言葉はたしかに身体的(物質的)ななにものかを現出させ、セクシュアリティを喚起し挑発する。それでいて、それは女性性といったジェンダーの枠組みにおさまりきらず、むしろその性差の枠組みを混乱させる。それがどこからやってきてどこへ行くのか、左川ちかの実生活にも読者の日常性にも還元することができない。

左川ちかの詩は、意味づけできない不気味さを凝縮し、誘惑とからかいの身振りをしのばせ、矛盾と分裂が底知れぬ口を開けている。その魅力は暴力的なほどで、二十一世紀の現代もなお、読者を眩暈《めまい》させる。

昭森社版『左川ちか詩集』の挿画・装画は三岸節子による。文庫化に際して『左川ちか詩集』の挿画、また、左川ちか「記憶の海」とシンクロするかのような画想の「月夜の縞馬」(三岸節子、一九三六年)の使用を許された。

本文庫の構成について、触れておく。

『左川ちか詩集』(昭森社、一九三六年)を底本として、「詩篇」とした。「昆虫」から「1.2.3.4.5.」まで、七十六篇の詩を収録、その後に、昭森社版には収載されていない「海の捨子」を、独立した一篇と判断して加えた。

昭森社版『左川ちか詩集』巻末に収録された百田宗治「詩集のあとへ」「左川ちか詩集覚え書」「左川ちか小伝」を収めた。

本文の「詩篇」については、『左川ちか資料集成　増補普及版』(東都我刊我書房、二〇二一年）に掲載された雑誌・単行本発表時の影印と校合して、本書巻末に「校異」として加えた。

「補遺」は、『左川ちか全詩集　新版』（小野夕馥編輯、曾根博義編輯協力、森開社、二〇一〇年）収載の〈拾遺詩篇〉十篇（「堕ちる海」から「季節」）を底本にした。

「小文」として、左川ちかの散文から、四篇を選んで収録した。「春・色・散歩」は、初出雑誌を底本とした。その他の三篇は、『左川ちか資料集成　増補普及版』に掲載された影印を底本とした。

昭森社版『左川ちか詩集』は、「昆虫」から「1. 2. 3. 4. 5.」まで七十六篇の詩を収録し、森開社版『左川ちか全詩集　新版』は〈拾遺詩篇〉として「墜ちる海」から「季節」まで、十篇をさらにおさめている。昭森社版『左川ちか詩集』が、詩の排列を初出順にする、異本が存在する場合は著者生前最後に発表されたテクストを採用する、と付記しつつ、その法則が必ずしも貫かれていないことはすでに指摘されている。ただし『左川ちか詩集』の編集方針を批判する本文校訂においても、法則を貫くことの困難にぶつかる。たとえば出発期の詩篇「昆虫」からして、重要な一行「私はいま殻を乾す。」が、発表誌の段階では「私はいま痣を乾す。」となっており、これについては、今のところ各詩集、アンソロジー、『左川ちか全集』(島田龍編、書肆侃侃房、二〇二二年)いずれも、詩集発行にそなえて左川ちか自身が手を入れた草稿があったか、編者が手を入れた編集稿があったか、という仮定のままに、昭森社版『左川ちか詩集』を底本にしている。『左川ちか詩集』編集を実際に担当したのは伊藤整であるといわれている。本文庫は昭森社版『左川ちか詩集』を無謬であるとするゆえにではなく、『左川ちか詩集』とその後の発見と編纂過程を可視化するためにあえて、底本を『左川ちか詩集』とし、『左川ちか全詩集　新版』より〈拾遺詩篇〉を加えた。

本書の編集に際し、『左川ちか全集』を参照した。

「小文」四篇、「補遺」十篇の初出雑誌を掲げる。

Chamber music　『エスプリ』二号(一九三四年二月)
魚の眼であったならば　『カイエ』七号(一九三四年五月)
春・色・散歩　『ファッション』二巻三号(一九三五年二月)
樹間をゆくとき　『椎の木』四年六号《ママ》(一九三五年六月)

＊　　＊

墜ちる海　『レスプリ・ヌウボオ』四号（一九三〇年十二月）
樹魂　『反響』十七号（一九三二年七月）
花　『カイエ』八号（一九三四年七月）
指間の花　『呼鈴』二十号（一九三四年九月）（未見）
菫の墓　『文芸汎論』四巻十二号（一九三四年十二月）
烽火　『輝ク』三巻一号（一九三五年一月）
夜の散歩　『椎の木』四年二冊（一九三五年三月）
花苑の戯れ　『海盤車』四巻十八号（通巻十八号）（一九三五年四月）
風が吹いてゐる　『詩法』十二号（一九三五年八月）
季節　『海盤車』五巻二十号（通巻二十号）（一九三六年一月）

［編集附記］

一　本書は、「詩篇」七十七篇、「補遺」十篇、「小文」四篇の左川ちか作品を中心として編んだ。「詩篇」の内、『左川ちか詩集』（昭森社、一九三六年十一月刊）所収の七十六篇は、同書を底本とした。「海の捨子」は、『詩法』（一九三五年八月）に拠った。「補遺」「小文」の底本は、「解説」末尾で触れた。

一　複数の雑誌・単行本に掲載された詩には、字句の異同がある。「校異」で、『左川ちか資料集成増補普及版』（紫門あさを編、東都我刊我書房、二〇二一年四月刊）に掲げられた誌面の影印版により、異同の箇所を示した。紫門あさを氏に謝意を表します。

一　漢字は、新字体を使用した。

一　「小文」では、漢字語に、適宜、振り仮名を付した。

一　本文の明らかな誤記を訂正した。

一週→一周　緩漫→緩慢　紛末→粉末　施回→旋回
檣壁→牆壁　矜巻→衿巻　蜥蝪→蜥蜴

一　本文中に、今日からすると不適切な表現があるが、原文の歴史性を考慮してそのままとした。

（岩波文庫編集部）

左川《さがわ》ちか詩集《ししゅう》

2023年9月15日　第1刷発行
2024年4月15日　第3刷発行

編　者　川崎賢子《かわさきけんこ》

発行者　坂本政謙

発行所　株式会社　岩波書店
〒101-8002 東京都千代田区一ツ橋2-5-5
案内 03-5210-4000　営業部 03-5210-4111
文庫編集部 03-5210-4051
https://www.iwanami.co.jp/

印刷　製本・法令印刷　カバー・精興社

ISBN 978-4-00-312321-8　Printed in Japan

読書子に寄す

——岩波文庫発刊に際して——

岩波茂雄

真理は万人によって求められることを自ら欲し、芸術は万人によって愛されることを自ら望む。かつては民を愚昧ならしめるために学芸が最も狭き堂宇に閉鎖されたことがあった。今や知識と美とを特権階級の独占より奪い返すことはつねに進取的なる民衆の切実なる要求である。岩波文庫はこの要求に応じそれに励まされて生まれた。それは生命ある不朽の書を少数者の書斎と研究室とより解放して街頭にくまなく立たしめ民衆に伍せしめるであろう。近時大量生産予約出版の流行を見る。その広告宣伝の狂態はしばらくおくも、後代にのこすと誇称する全集がその編集に万全の用意をなしたるか。千古の典籍の翻訳企図に敬虔の態度を欠かざりしか。さらに分売を許さず読者を繋縛して数十冊を強うるがごとき、はたしてその揚言する学芸解放のゆえんなりや。吾人は天下の名士の声に和してこれを推挙するに躊躇するものである。このときにあたって、岩波書店は自己の責務のいよいよ重大なるを思い、従来の方針の徹底を期するため、すでに十数年以前より志して来た計画を慎重審議この際断然実行することにした。吾人は範をかのレクラム文庫にとり、古今東西にわたって文芸・哲学・社会科学・自然科学等種類のいかんを問わず、いやしくも万人の必読すべき真に古典的価値ある書をきわめて簡易なる形式において逐次刊行し、あらゆる人間に須要なる生活向上の資料、生活批判の原理を提供せんと欲する。この文庫は予約出版の方法を排したるがゆえに、読者は自己の欲する時に自己の欲する書物を各個に自由に選択することができる。携帯に便にして価格の低きを最主とするがゆえに、外観を顧みざるも内容に至っては厳選最も力を尽くし、従来の岩波出版物の特色をますます発揮せしめようとする。この計画たるや世間の一時の投機的なるものと異なり、永遠の事業として吾人は微力を傾倒し、あらゆる犠牲を忍んで今後永久に継続発展せしめ、もって文庫の使命を遺憾なく果たさしめることを期する。芸術を愛し知識を求むる士の自ら進んでこの挙に参加し、希望と忠言とを寄せられることは吾人の熱望するところである。その性質上経済的には最も困難多きこの事業にあえて当たらんとする吾人の志を諒として、その達成のため世の読書子とのうるわしき共同を期待する。

昭和二年七月

岩波文庫の最新刊

ゲルツェン著／長縄光男訳

ロシアの革命思想
—その歴史的展開—

ロシア初の政治的亡命者、ゲルツェン(一八一二—一八七〇)。人間の尊厳と言論の自由を守る革命思想を文化史とともにたどり、農奴制と専制の非人間性を告発する書。

〔青N六一〇-一〕 定価一〇七八円

ラス・カサス著／染田秀藤訳

インディアスの破壊をめぐる賠償義務論
—十二の疑問に答える—

新大陸で略奪行為を働いたすべてのスペイン人を糾弾し、先住民に対する賠償義務を数多の神学・法学理論に拠り説き明かし、その履行をつよく訴える。最晩年の論策。

〔青四二七-九〕 定価一一五五円

岩田文昭編

嘉村礒多集

嘉村礒多(一八九七—一九三三)は山口県仁保生れの作家。小説、随想、書簡から選んだ。己の業苦の生を文学に刻んだ、苦しむ者の光源となる同朋の全貌。

〔緑七四-二〕 定価一〇〇一円

網野善彦著

日本中世の非農業民と天皇(下)

海民、鵜飼、桂女、鋳物師ら、山野河海に生きた中世の「職人」と天皇の結びつきから日本社会の特質を問う、著者の代表的著作。(全二冊、解説＝高橋典幸)

〔青N四〇二-三〕 定価一四三〇円

ヘルダー著／嶋田洋一郎訳

人類歴史哲学考(三)

第二部第十巻—第三部第十三巻を収録。人間史の起源を考察し、風土に基づいてアジア、中東、ギリシアの文化や国家などを論じる。(全五冊)

〔青N六〇八-三〕 定価一二七六円

……今月の重版再開……

池上洵一編

今昔物語集 天竺・震旦部

定価一四三〇円 〔黄一九-一〕

清水三男著／大山喬平・馬田綾子校注

日本中世の村落

定価一三五三円 〔青四七〇-一〕